# Le Guerrier de Kya
## Le Condamné

J.A.P.

# Le Guerrier de Kya

# Le Condamné

Édition : BoD – Books on Demand
12/14 rond-point des Champs-Élysées, 75008 Paris
Imprimé par Books on Demand GmbH, Norderstedt, Allemagne
ISBN : 978-2-3221-6941-2
Dépôt légal : janvier 2019

# Le Guerrier de Kya

Il passe dans une petite rue à gauche. Il faut l'arrêter par tous les moyens. Wylo s'immobilise au bout de la ruelle, en face d'un homme habillé en noir.

— Arrête de nous faire courir. Suis-nous et tout se passera bien.

— Pour que ton gouvernement m'enferme encore dans une cage ? Je préfère la liberté !

— Tu ne peux pas te promener librement, c'est trop risqué.

— Pourquoi ? Parce que je viens d'une autre planète ? Je vous ressemble et ton peuple ne fait pas la différence.

— Tu plaisantes ? Mes citoyens n'ont pas des yeux comme les tiens.

— Je dirai que je porte des lentilles.

— Ne m'oblige pas à recourir à la force, dit-il en enlevant sa veste, dévoilant alors un tatouage sur son bras droit.

— Il est joli ton bâton avec les deux lames à chaque extrémité, mais crois-tu être plus rapide que moi ?

L'arme commence à se matérialiser dans sa main, mais disparaît aussitôt.

— Tu as encore des progrès à faire, Harno, pour contrôler ton énergie. Ta population m'a enfermé pendant un an dans le but d'acquérir mes pouvoirs, et tu veux que je te suive pour qu'elle recommence ? Je suis venu vous prévenir qu'un danger émanait de l'espace ainsi que pour vous aider. Tu as bien vu le résultat ! Alors, maintenant, je vais partir sur la planète Karog.

— Je sais que, depuis que ton peuple s'est fait attaquer par les Yoxa et que ta femme et tes deux enfants sont morts, tu parcours la galaxie afin d'aider toutes les planètes. Mais tu veux me faire croire que tu vas partir sans venger ta famille ?

— Ma famille sera vengée quand tous les Yoxa seront morts. Alors, que je les tue sur cette planète ou sur une autre…

— Tu ne peux pas partir, on a besoin de toi. Nous ne sommes pas tous comme ceux que tu as rencontrés ; certains sont gentils et bons.

Deux voitures s'arrêtent, et dix hommes, habillés en noir eux aussi, en descendent, fusil en main, prêts à tirer. Deux sabres viennent se placer dans les mains de Wylo, et celui-ci, avec une rapidité incroyable, transperce les dix individus.

— Tu es un ami, Harno, je ne vais pas te tuer, mais n'essaye plus de m'arrêter.

— Tu sais bien que l'on se croisera toujours, jusqu'à ce que tu reviennes.

Wylo monte dans une Porsche qui vient de se former et s'arrête dans une forêt où il place une tente pour son campement.

Pendant la nuit, il est réveillé par un cri. Il ouvre sa tente pour se diriger vers le bruit ; là, il voit une jeune femme aux cheveux longs bruns et aux yeux noisette en train de se faire agresser par trois individus à côté d'une voiture. Il neutralise les trois hommes, mais ceux-ci se relèvent en sortant un fusil. Une épée de deux mètres surgit dans les mains de Wylo, qui coupe la voiture en deux. Les agresseurs, surpris et apeurés, lâchent leurs armes en courant sans regarder derrière eux. La jeune femme, ébahie par ce qu'elle vient de voir, observe un homme chauve aux yeux rouges partir ; mais, après quelques secondes, elle retrouve ses esprits et commence à le suivre.

— Où vas-tu, fillette ?

— Je ne suis pas une fillette, rétorque-t-elle vexée, j'ai 25 ans.

— Retourne chez toi.

— Ces trois bougres ont essayé de me violer…

— Je ne veux rien savoir, réplique-t-il en lui coupant la parole. Tu ne peux pas rester avec moi.

— Alors, il ne fallait pas me sauver, riposte-t-elle.

— Fillette, tu dors dans ma tente, je vais dormir dehors.

— Je m'appelle Lya.


Le premier rayon de soleil se montre, et Lya entend du bruit qui la tire de son sommeil. Elle passe entre les arbres en faisant attention à ne pas faire craquer les branches qui se trouvent au sol, pour se rapprocher du vacarme. À proximité, elle voit Wylo en train de se laver dans un ruisseau. Elle contemple les tatouages sur tout son corps et s'arrête sur un grand dragon argenté de flammes qui occupe tout son dos.

— Quand tu auras fini de me regarder, tu pourras faire ta toilette et, ensuite, tu rentreras chez toi.

— Je ne vais pas me nettoyer ici, l'eau est glacée, dit-elle.

Elle le suit jusqu'à la tente, qui disparaît.

— Comment faites-vous cela ? Vous avez fait la même chose avec votre épée.

— Je suis magicien.

Un guerrier de six mètres de haut, avec une arme à feu aussi imposante, jaillit devant eux. Il les vise, mais un dragon enflammé de la même taille détruit le guerrier avec sa queue et disparaît.

— C'est quoi, tout ça ? crie la jeune femme, paralysée par la peur.

— On dirait bien que je ne suis pas le seul magicien.

Wylo remarque quatre voitures noires qui viennent vers lui, alors il fait apparaître la Porsche pour s'enfuir. Trois véhicules le poursuivent pendant que le quatrième s'arrête au niveau de la femme.

— Montez, Lya, je vous ramène chez vous.

— Comment me connaissez-vous ?

— Je m'appelle Harno et je travaille pour votre père. Ça fait combien de temps que vous connaissez Wylo ?

— Alors, il s'appelle Wylo ? La nuit dernière, il m'a sauvée.

— Vous savez où il compte aller ?

— Non, il ne m'a rien dit.

Harno dépose la femme chez elle et part retrouver les autres qui l'attendent dans un hangar.

— Il a réussi à nous semer.

— Il faut le retrouver avant que la rumeur qu'un extraterrestre se promène sur notre planète se propage.


Lya regarde la télévision et entend la conversation de son père, qui est dans sa pièce de travail.

— Quoi ? Il vous a échappé ? Retrouvez-le !

Son père a tellement hurlé que Lya se précipite en ouvrant la porte pour voir s'il va bien. Elle aperçoit alors une photo de Wylo sur le bureau.

— Papa, pourquoi le recherchez-vous ? Et qui sont ces hommes ?

— Ça ne te regarde pas, réplique-t-il sèchement.

— Je te rappelle qu'il m'a sauvée.

— Je sais, mais on ne doit pas le laisser en liberté, il est trop dangereux.

— Et pour qui est-il menaçant ? crie-t-elle tandis qu'elle sort en claquant la porte.

Wylo est réveillé en sursaut par des détonations. Il regarde à travers la fenêtre de sa chambre d'hôtel et repère des policiers qui tirent sur une personne. Mystérieusement, leurs balles n'ont aucun effet sur elle. Il observe la scène de plus près et constate que c'est un Yoxa. Il fait alors apparaître un arc, et une flèche vient se planter dans la tête de l'individu. Les gendarmes regardent le corps qui se métamorphose en une forme humaine qu'ils n'ont jamais vue. Il mesure trois mètres, a deux gros yeux, deux minuscules oreilles, deux grosses dents pointues en haut et en bas et est dénué de nez. Lya en profite pour se faufiler discrètement dans l'hôtel jusqu'à la porte de la chambre de Wylo, à laquelle elle tambourine avec force.

— Il faut partir tout de suite, il vient te chercher !

Des voitures arrivent à grande vitesse et dérapent pour s'arrêter. Des individus entrent dans la chambre, mais il n'y a plus personne. Ils fouillent alors entièrement la pièce, mais n'y trouvent aucun indice. En repartant, ils placent le corps du Yoxa dans le coffre du véhicule et nettoient les lieux pour ne laisser aucune trace.

— C'était quoi, ce corps que j'ai vu ? demande Lya, qui se trouve sur une aire de repos.

— C'est un Yoxa. Mais comment as-tu fait pour me retrouver ?

— J'ai surpris une conversation de mon père avec un de ses employés qui lui a indiqué l'endroit où tu te cachais. Pourquoi mon père te recherche-t-il ?

— Tu es la fille du chef des Agents Du Monde, tu ne devrais pas être avec moi. Rentre chez toi et oublie-moi.

— Je ne partirai pas sans savoir qui tu es et pourquoi tu es recherché.

— Je viens de la planète Kya, qui a été attaquée par les Yoxa. Je suis venu sur ta planète, car ce peuple va essayer de l'envahir, mais tes citoyens ont vu en moi une capacité qu'ils peuvent apprendre, alors ils m'ont confiné. Je suis issu d'un peuple qui peut contrôler l'énergie et l'esprit. Les tatouages que tu as vus, ce n'est pas pour faire joli. Je peux les faire sortir de mon corps pour m'en servir.

Il se met torse nu, et Lya fixe son anatomie. Deux sabres brillent sur son épaule gauche avant de se retrouver dans ses mains et de disparaître un instant après.

— Donc, les Yoxa sont déjà sur ma planète pour la conquérir ?

— Celui-ci est juste l'un des éclaireurs ayant pour mission de transmettre vos faiblesses. Quand il les aura toutes trouvées, il attaquera.

— Combien sont-ils ?

— Ils fonctionnent par groupes de dix, plus leur chef. Celui-là, avant de mourir, a réussi à communiquer des informations par télépathie à son commandant. Et, maintenant, il sait qu'il ne craint pas vos balles. Ils se dissimulent parmi la population et je suis le seul à pouvoir les repérer grâce à mes yeux.

— On doit retrouver les neuf autres avant qu'ils fournissent leurs informations.

— Oh ! doucement. Il n'y a pas de « on »… Je ne peux rien faire. Je suis recherché par ton géniteur, qui dirige les ADM.

— Je vais t'aider, tu es le seul à pouvoir nous sauver. Sais-tu où se trouve le deuxième Yoxa ?

— Ta planète est grande et il y a beaucoup de pays, mais j'ai réussi à les localiser. Celui-ci est en France et les autres sont en Amérique, en Angleterre, en Russie, en Allemagne, au Japon, au Canada, en Italie, en Espagne et en Australie. Maintenant que tu sais où ils se trouvent, je te souhaite bonne chance.

— Tu ne vas pas m'aider ?

— Je ne t'ai jamais promis que j'all…

Il ne finit pas sa phrase, à cause d'une grosse hache tranchante de deux mètres, à double lame, qui passe à côté de lui en coupant un arbre en deux.

— Salut, Harno ! Tu as fait des progrès. Ton attaque aurait pu me tuer.

— Je te visais, dit-il en riant.

— Penses-tu pouvoir m'arrêter tout seul ?

— Je ne suis pas là pour t'amener avec moi, mais pour t'aider. On arrive à te suivre grâce à un traceur que l'on t'a placé dans une dent.

Il s'approche de lui en sortant une petite lampe de sa poche pour lui donner.

— Grâce à elle, tu vas trouver le traceur.

— Pourquoi m'aides-tu ?

— Deux policiers sont passés à la télévision pour montrer les photos du Yoxa et annoncer que des extraterrestres vivent parmi nous, mais mon gouvernement les a ridiculisés en public. Voilà pourquoi j'ai démissionné et suis parti à ta recherche.

— Tu sais, tu vas être recherché toi aussi.

— On va bien s'amuser, dit-il en souriant.

Wylo allume la lampe et voit dans le rétroviseur de la voiture un point rouge briller dans une de ses dents du fond. Il tire alors dessus pour l'arracher et la jette dans un camion rempli d'ordures qui passe à côté de lui.

— Maintenant que tu as réussi à utiliser l'énergie, tu peux te faire faire un tatouage plus grand.

— Apprenez-moi, dit Lya. Moi aussi je veux faire tous vos trucs.


Le soleil se lève à peine que Wylo réveille la femme en secouant la tente pour commencer l'exercice.

— C'est trop tôt, se plaint-elle, il fait encore nuit.

— Et moi qui croyais que tu voulais apprendre, dit-il en enlevant les sardines des quatre coins qui tiennent la toile.

Lya se redresse d'un bond, mais la tente tombe sur elle. Surprise, elle se débat pour trouver la sortie, puis suit Wylo jusqu'à une petite forêt.

— Tu vas t'asseoir, fermer les yeux et ressentir la nature en toi. Il faut que tu aimes tout ce qui t'entoure ; arbres, fleurs et animaux. Tu sauras que tu as réussi quand tu sentiras un flux d'énergie parcourir tout ton organisme.

Il reste un peu avec la femme pour lui donner quelques conseils supplémentaires et, ensuite, la laisse toute seule pour rejoindre Harno.

— Tu sais ce que tu fais ? Si elle échoue, tu comptes la tuer, elle aussi ?

— Je les ai tués, car ils se prenaient pour les maîtres de l'Univers. J'ai prévenu ton gouvernement que vous n'étiez pas encore prêts pour l'apprendre, mais ils ne m'ont pas écouté et le résultat est que la majorité d'entre eux est devenue folle.

C'est la fin de la matinée quand le groupe s'arrête chez un tatoueur. Lya se fait dessiner sur le bras droit une arbalète avec une flèche à côté, et Harno un guerrier squelette dans son dos. Celui-ci tient dans la main droite une grosse masse en forme de tête de mort, un imposant fléau d'armes dans la main gauche avec trois lourdes boules d'acier hérissées de pointes accrochées à des chaînes, et dans son dos une grosse hache à double tranchant, avec le visage d'un diable au centre. On trouve aussi une grande épée juste à côté d'un gros tube fermé.

— Tu te fais un grand guerrier ! Es-tu sûr d'arriver à le dominer ?

— J'ai une volonté de fer, répond-il.


À chaque pause qu'ils font pour aller en Amérique, Lya s'entraîne et Wylo explique à son ami comment il doit maîtriser son guerrier.

— Il faut faire attention à chaque fois que tu l'appelleras, car c'est ton esprit d'ombre qui va le contrôler et il va essayer de prendre le dessus sur toi. Donc, il faut que tu travailles ton esprit saint pour qu'il soit le plus fort et ne pas sombrer. En effet, si cela doit arriver, je devrais te tuer.

— J'ai toujours rêvé qu'un ami me parle comme ça, dit-il avec ironie.

Lya les rejoint en courant et en criant de joie :

— J'ai réussi, je ressens un flux d'énergie en moi !

— Très bien, répond Wylo. Alors maintenant tu vas envoyer cette énergie dans ton tatouage et imaginer l'arme dans ta main.

Elle se concentre sur son tatouage qui brille et sent sa peau s'étirer comme un élastique, jusqu'à ce qu'elle arrive, avec un effort intense, à tenir l'arme dans ses mains, un court moment.

— Tu pourras réessayer plus tard, on doit reprendre la route.


Le groupe entre dans la ville de Phoenix, en Amérique, et s'introduit dans un hôtel où Wylo sort une liasse de billets qu'il donne au réceptionniste pour réserver deux chambres.

La nuit est bien entamée quand les deux hommes sortent de leur sommeil à cause d'une agitation qui se déroule dans le couloir. Wylo regarde par le judas de la porte et entrevoit des hommes prêts à entrer dans la pièce ; alors, il révèle deux sabres dans ses mains, et Harno un bâton. La porte explose et les deux amis se jettent sur leurs adversaires pour se défendre en les transperçant jusqu'au dernier. Le chahut a réveillé Lya, qui ouvre la porte. En voyant les cadavres dans l'allée centrale, elle fonce dans sa chambre où elle prend sa valise pour, ensuite, rejoindre avec hâte ses deux amis. Ils gagnent la sortie, mais, à peine dehors, un grand guerrier avec un pistolet se poste devant eux. Un dragon argenté qui s'enflamme le transperce avec sa queue et jette un homme fatigué devant son maître.

— Ça épuise d'utiliser son énergie, dit Wylo en lui plantant un sabre dans le ventre.

— Tu crois pouvoir nous échapper ? répond l'ennemi dans un dernier souffle.

En nettoyant son épée ensanglantée, Wylo entend des voitures qui s'approchent à vive allure, alors il s'enfuit dans une automobile de sport avec ses compagnons. Les véhicules prennent en chasse les suspects, qui tournent à gauche dans une ruelle, où la course-poursuite s'ensuit jusqu'à ce qu'un mur se dresse, obligeant les poursuivants à appuyer violemment sur la pédale de frein pour éviter l'accident. Ils vont en marche arrière pour retrouver les fuyards, mais ceux-ci, qui ont réussi à les semer, s'arrêtent de nouveau devant un hôtel, où ils prennent une chambre.

— Comment ont-ils fait pour nous retrouver ? demande Wylo.

— Tu n'as plus le mouchard GPS, répond Harno, et on n'a rien fait pour qu'ils puissent remonter jusqu'à nous.

Les deux hommes fixent la femme intensivement.

— Déshabille-toi, lui demande Wylo.

— Quoi ? Ici ? T'es malade !

— Tu dois avoir un mouchard sur toi.

— Je n'ai rien sur moi. Ces habits, je les ai achetés la nuit dernière. Car moi aussi j'ai pensé que je pouvais porter un appareil de géolocalisation.

— Tu les as payés comment, tes vêtements ?

— Avec ma carte.

— Tu ne dois utiliser ni ta carte ni ton téléphone ; c'est comme ça qu'ils nous retrouvent. Tu ne dois plus te servir de tout ce qui peut leur permettre de nous détecter. Maintenant, on doit identifier le Yoxa rapidement pour quitter ce pays au plus vite.

— En me promenant en ville, j'ai entendu une rumeur d'après laquelle des policiers ont retrouvé un noyé dans la rivière de Cave Creek.

Ils arrivent sur place et marchent le long du ruisseau en cherchant des indices. Au loin, ils entendent appeler au secours et se mettent à courir le plus vite possible pour arriver sur les lieux. Là, ils voient un homme se débattre dans l'eau contre un individu qui essaye de l'attirer sous l'eau. Les deux amis plongent et Harno ramène la victime au bord pendant que Wylo se bat avec son adversaire. La lutte est rude, mais Wylo décide de conclure le combat en lui tordant le cou pour le tirer ensuite jusqu'au bord, où la victime découvre un corps inconnu.

— Ce n'est pas avec lui que je me suis battu pour éviter la noyade. Qui est-ce ?

— C'est bien lui, répond Wylo, et c'est un Yoxa. Ton peuple les appelle des « extraterrestres » et ils peuvent prendre forme humaine.

— Je ne sais pas ce qu'ils veulent, mais on ne peut pas les noyer. Il faut prévenir le président.

— Ton gouvernement le sait déjà, répond-il en partant.

Le groupe se détend les jambes dans une petite forêt, sur une aire de repos, où surgit une flèche qui frôle la tête de Wylo pour finir plantée dans un arbre.

— Alors, vous en pensez quoi ? leur crie Lya.

— Que tu es dangereuse avec une arme ! répond Wylo.

— J'en veux un plus gros.

— Oh ! mais on dirait qu'elle commence à aimer ça, dit Harno qui essaye de contrôler son guerrier et le fait disparaître. Zut, je ne peux toujours pas le maîtriser longtemps, il est encore plus fort que moi !

— Où va-t-on maintenant ? demande Lya.

— On ne va pas loin, on se rend au Canada.

Ils s'arrêtent chez un tatoueur dans la région de Toronto, où Lya ressort, avec ses partenaires, avec une double chaîne cloutée dessinée sur son bras gauche. De retour à l'hôtel, ils écoutent une journaliste qui déclare à la télévision que des femmes disparaissent.

— Lya, tu vas être notre appât, lui dit Wylo.

— Chouette, j'ai toujours rêvé de me faire kidnapper ! dit-elle avec ironie.

La jeune femme se promène dans la ville et voit un homme descendre précipitamment d'une voiture qui vient de s'arrêter à son niveau ; il la ceinture avec difficulté, mais réussit à la jeter dans le coffre du véhicule qui part rapidement. Les deux hommes, qui se sont cachés un peu plus loin dans le bolide de Wylo, suivent à bonne distance l'assaillant jusqu'à un parking où le couple en descend. En ne voyant personne, le suspect arrache un morceau du sol et disparaît avec la femme dans le trou. Les deux amis continuent leur filature, qui les amène dans un laboratoire dans lequel de nombreuses femmes sont enfermées. Ils poursuivent leur chemin en promettant de revenir les sauver et finissent par se retrouver dans une pièce où l'homme commence à déshabiller sa victime. Wylo, en voyant la scène, transperce de fureur l'extraterrestre de son sabre en l'éloignant d'elle, et, quand il prend Lya dans ses bras pour la faire réagir, sa colère retombe.

— Laisse tomber, elle est droguée, lui explique Harno pendant qu'il soustrait toutes les autres, qui sont dans le même état, de leur cage.

Dehors, une femme qui a repris ses esprits leur raconte qu'elle a eu des relations sexuelles avec lui, car il voulait savoir s'il pouvait se reproduire avec elle.

— Il veut nous garder en vie pour repeupler sa planète, dit Lya, qui est redevenue elle-même.

— Je ne comprends pas pourquoi, dit la femme, on est pourtant assez nombreux.

— Il ne vit pas sur la Terre, lui explique Wylo en lui montrant le corps.

— Qui est-il ? dit-elle surprise, en reculant de stupeur.

— C'est un Yoxa et il est ici pour conquérir ta planète.

— Il a échoué, dit-elle avec soulagement. Ces monstres ne peuvent pas se reproduire avec nous.

Après avoir raccompagné les femmes, qui se trouvent toujours dans un état second, chez elles, le groupe monte dans un bateau qui prend la direction de la Russie. Lya, sur le pont avec Harno, dévoile un court instant une double chaîne à pointes de deux mètres pendant que Harno se bat contre un guerrier qui la fait apparaître dans l'océan.

— Misérable, tu veux me noyer ?

— De quoi te plains-tu ? Tu es déjà un squelette.

— Continue comme ça et tu vas goûter à ma massue. Tiens, j'ai bien envie de détruire ce bâtiment.

— Tu ne feras rien.

Il se bat trop longtemps et des gouttes de sueur perlent sur son visage, car l'esprit maléfique commence à le submerger d'ombre. Il trouve l'attaque interminable, vu qu'il est trop faible pour le repousser. Mais, au moment où il se sent perdu, il repense à la phrase de Wylo :

« Aime toute chose dans ce monde. »

Il commence à retrouver de l'amour, et l'ombre disparaît avec le guerrier.

— Je vois que ta tentative de le dominer est un succès.

— Et moi, je ne sais pas comment tu fais pour que ce bateau tienne aussi longtemps sur l'eau.

— Il faut beaucoup d'énergie et d'entraînement, répond-il.

Le navire s'arrête dans le port de la ville de Moscou pour faire descendre le groupe, avant de disparaître. En traversant les quais, ses membres entendent une conversation curieuse à côté d'un hangar.

— Ce soir, fais attention en te battant contre lui, une rumeur prétend qu'il n'a jamais été vaincu.

— Ça sera une première pour lui, alors. Viens me voir, c'est dans l'entrepôt numéro cinq.

Après avoir surpris ce dialogue, les trois compagnons décident de se cacher à proximité du bâtiment pour trouver l'extraterrestre. Lya regarde sa montre, en tremblant à cause du froid qui lui parcourt tout le corps, et constate que celle-ci indique minuit.

— Mais à quelle heure commence-t-il ce combat ? se plaint-elle avec irritation.

— Taisez-vous, dit Wylo, j'entends des claquements près de nous.

— Ce sont nos dents, disent ses compagnons, qui essayent de redonner de la chaleur à leur corps comme ils peuvent.

Ils frémissent de plus en plus et se rendent compte que le brouillard fait son apparition. Alors, ils prennent la décision de partir pour aller se réchauffer, quand des voitures avec des piétons s'arrêtent devant le rideau métallique qui s'ouvre. Les amis se mélangent à la foule pour s'introduire à l'intérieur de la pièce et comprennent que celle-ci est éclairée grâce aux phares des véhicules.

— Tu le vois ? demande Harno.

— C'est le combattant de gauche.

L'affrontement commence et le Yoxa jette contre une voiture son adversaire, qui doit peser dans les cent kilos, tout en muscles. Il se relève, mais son rival l'assomme avec un seul coup de poing.

— Un autre combattant veut tenter sa chance ? demande l'organisateur.

— Je veux bien, répond Wylo, qui se place devant son adversaire.

En le voyant, le Yoxa veut s'enfuir, mais Wylo tient ses sabres et les lui plante dans le corps.

— Tu n'as pas le droit d'utiliser d'armes ici, lui reproche le responsable de l'événement, rouge de colère.

Au même moment, il entend un grand brouhaha dehors. Il ouvre alors le rideau pour regarder. Il voit un géant devant lui. Pris de panique, il s'enfuit avec tous les spectateurs qui s'affolent, et le groupe en profite pour se mêler à eux.

Une fois loin du chaos, les compagnons montent dans la voiture en partant en direction de l'Allemagne.

— Comment ont-ils fait pour savoir que l'on était ici ? demande Lya.

— Ton père doit faire surveiller les ports, les aéroports et les gares du monde entier, répond Harno.

— Et toi, Wylo, pourquoi n'as-tu pas tué ce guerrier ? demande-t-elle.

— Je n'élimine que ceux qui ont des armes à feu, car ils veulent ma mort. Les autres essayent seulement de me ramener dans ma cellule en vie.

Wylo voit une aire de repos et s'arrête, car ils sont fatigués, vu qu'ils se sont relayés pour conduire, sans se reposer, pendant trois jours. Après avoir dormi une journée, Lya ouvre les yeux en bâillant et commence à s'étirer longuement dans son sac de couchage. Des rayons de lumière en provenance du soleil éclairent la tente ; ce qui lui permet de s'habiller pour aller s'entraîner près du campement de ses deux amis. Ceux-ci sortent brusquement de leur abri avec les cheveux ébouriffés, car leurs oreilles ont entendu un raffut. Ils voient Lya couper des arbres avec sa double chaîne.

— J'ai réussi, dit-elle heureuse, en faisant de grands gestes vers eux.

En voyant arriver une chaîne dans leur direction, Wylo et Harno plongent au sol pour éviter l'arme qui passe au-dessus de leur tête.

— Je veux un monstre, moi aussi ! leur crie-t-elle.

Maintenant que tu t'es fait remarquer en nettoyant cette zone, on ne peut plus rester ici. Ils prennent la route vers la ville de Berlin et, sur place, ne tardent pas à apprendre que des enquêteurs retrouvent des personnes mortes dans d'étranges circonstances. Ils se promènent dans la capitale, en observant les lampadaires qui s'allument petit à petit, à cause de l'obscurité qui tombe. Alors qu'ils tournent dans une petite rue, ils entendent soudain crier dans une maison. Le groupe essaye de s'y introduire, mais sans succès, la porte d'entrée étant fermée. Wylo s'agace et finit par l'enfoncer pour observer, debout devant lui, le Yoxa qui fixe une famille étendue sur le sol à côté de petits objets rouges, cristallins, de forme allongée. Il sort ses sabres et coupe la tête de l'extraterrestre pendant que ses compagnons vérifient la santé des personnes présentes dans la pièce. Wylo finit de détruire les barres avant de partir, pour que les individus recommencent à respirer.

— C'est quoi, ces barres ? demande Lya.

— Elles absorbent l'oxygène qui se trouve dans la pièce.

— Où va-t-on maintenant ?

— Faire ton tatouage.

Lya ressort du magasin avec une guerrière rousse aux cheveux longs dessinée dans son dos, accompagnée d'étranges créatures.

— Celle de gauche est un Andrewsarchus, explique-t-elle à ses camarades, qui voient un grand animal musclé, avec une grosse tête, un nez allongé et d'énormes dents pointues. Celle de droite est un Smilodon, qui ressemble à un tigre mais en plus grand et en plus féroce, avec deux grosses et longues canines qui dépassent de ses lèvres. Pour finir, je vous présente l'Azhdarchidae, indique-t-elle en montrant une forme qui ressemble à un grand oiseau avec une crête bleue et un long bec, qui se trouve au-dessus des autres. Ils ont vécu avant nous et ce sont les animaux les plus féroces qui aient existé.

— Tu as fait une fine et très jolie guerrière, mais es-tu sûre qu'elle peut contrôler ces monstres ? demande Harno.

— Bien sûr qu'elle le peut.

— Tu es aussi folle que Harno, intervient Wylo. Il va te falloir un grand esprit pour la contrôler avec ses animaux. Surtout, ne la convoque jamais sans que je sois à tes côtés, finit-il en montant dans la voiture qu'il vient de faire apparaître.

Lya, fatiguée par cette journée, se couche sur la banquette arrière pour se reposer. Sur le trajet, elle se cogne contre le plafond de l'automobile qui se fait remuer à cause d'un dos-d'âne. Le choc la fait sortir de son sommeil avec un mal de tête. Elle voit un panneau indiquant que Rome se situe à trois kilomètres.

— On va en Italie ? dit-elle surprise.

À peine entrés dans la capitale, ils sont pris en chasse par des voitures, et une course-poursuite s'engage. Une guerrière géante avec des ailes, qui tient deux grandes faucheuses, se positionne devant la Porsche, qui s'arrête en dérapant.

— Salut, Hosly, tu comptes nous stopper ? lui demande Harno. Car on ne veut pas se battre contre toi, on est ici pour chercher un Yoxa.

— Je suis là pour vous ramener, alors ne résistez pas, dit-elle en se plaçant devant sa guerrière.

Elle est grande, blonde, aux cheveux longs et aux yeux bleus.

— Je n'ai pas le temps de jouer avec toi, dit Wylo, qui tient une grande épée et coupe la guerrière en deux. Je ne vais pas te tuer, j'aurai besoin de toi pour défendre ta planète, mais entraîne-toi, tu es encore trop faible.

Sur ces mots, les amis commencent à s'éloigner en laissant Hosly derrière eux, épuisée, quand ils sentent des balles les frôler. Ils se cachent derrière le véhicule, et Lya sort son arbalète et tire sur les adversaires pendant que Harno leur plante les lames de son bâton dans le corps, suivi de Wylo qui les transperce avec ses sabres. En plein milieu du combat, un autre guerrier se montre avec une mitrailleuse dans les mains, pointée sur le groupe. Il n'a pas vu le guerrier de Harno, qui le frappe avec son fléau d'armes qui le fait tomber. Et au moment où il se relève, une masse lui écrase la tête.

— Tu as vu ça ? Je ne l'ai pas raté ! dit-il à Harno avant de disparaître.

— Tu t'es montré en te croyant le plus fort, dit Wylo devant un homme fatigué auquel il plante son sabre dans le ventre.

— Hosly, tu comptes faire quoi maintenant ? demande Harno, qui s'aperçoit qu'elle est restée sur les lieux.

— Rien. De toute façon, avec tout ce bazar, on n'est pas passés inaperçus. Tous les flics du coin vont se ramener. Mais, avant de partir, j'ai une information pour vous. J'ai entendu dire qu'une personne se cache dans le Colisée et qu'elle donnera une récompense à ceux qui la retrouveront.

— En quoi cette information nous aide-t-elle ? demande Lya.

— C'est un renseignement important, répond Wylo, car elle essaye de savoir si elle est plus intelligente que ton peuple.

Le groupe entre dans le Colisée, rempli de monde.

— Ils ne l'ont pas encore trouvée, dit Lya surprise.

— On se sépare, intervient Wylo, et on se retrouve dans deux heures au milieu de l'arène.

Les membres commencent leurs recherches en regardant dans tous les recoins avec difficulté à cause des participants qui rejoignent ceux qui sont déjà sur place. Ils se fraient un chemin en poussant les personnes avec leurs épaules pour observer les murs, les sols et à travers de petites grilles. Puis, ils gagnent le lieu de rendez-vous.

— On n'a rien trouvé, disent Lya et Harno.

— Même chose pour moi, ajoute Wylo.

Tout à coup, celui-ci contemple un siège en marbre, légèrement suélevé. Il regarde autour de lui et voit que le Colisée s'est vidé. Alors, il appuie sur le fauteuil, qui s'enfonce dans le sol. Il descend avec ses amis pour atteindre un long couloir qui s'arrête dans une pièce où l'attend le Yoxa. Celui-ci, en voyant Wylo, sort un laser, mais son adversaire est plus rapide et lui assène un coup de sabre.

— Comment cette population a-t-elle réussi à vous battre ? demande Lya. C'est le sixième que l'on trouve et il ne t'a opposé aucune résistance.

— Ils nous ont attaqués en groupes et se sont servis d'un laser, soit pour nous tuer, soit pour enlever nos tatouages. Et nous, quand on n'a plus de motif, on n'a plus d'arme, explique-t-il en remontant à la surface.

Là, ils constatent que les lieux sont déserts. Surpris, ils cherchent un indice pour connaître cette raison imprévue. Ils observent des ombres bouger, et des balles sifflent à côté de leurs oreilles. Effrayée, Lya court pour se mettre à couvert derrière un mur ; en même temps, elle sort son arbalète pour tirer des flèches, pendant que Wylo et Harno partent combattre au corps à corps. Des projectiles foncent sur Wylo, mais celui-ci les coupe en deux avec ses sabres et change d'arme en avançant à une vitesse incroyable. Maintenant, il se sert de son arc et, une seconde plus tard, plante ses sabres dans ses adversaires qui viennent sur lui. Après ce rude combat, ils arrivent à sortir dans un état de fatigue avancé, mais un guerrier géant se montre, en les visant avec un canon placé au bout de son bras, prêt à appuyer sur la détente, qui actionne la gâchette. Les compagnons voient une faucheuse le transpercer, et Hosly, qui détecte une personne épuisée en train de s'enfuir, lui envoie une lance à double lame avec une tête de démon au milieu, qui se plante dans son corps.

— Tu nous aides, maintenant ? demande Harno.

— Je ne sais pas ce qui se passe, mais j'ai des amis qui sont morts et j'ai découvert que toute personne qui n'a pas de guerrier avec une arme à feu est éliminée par les ADM. Alors, depuis, je me cache et vous recherche.

— Tu en connais d'autres comme toi ? demande Wylo.

— Il en existe d'autres. On a été séparés à la fin de notre apprentissage, mais ils doivent se dissimuler eux aussi.

— On va tous les retrouver grâce à mes animaux, dit Lya, qui montre son tatouage dans le dos.

— D'après ce que je viens d'entendre, ton père est mort, Lya, car c'est un Yoxa qui a pris sa place, dit Wylo.

— Et toi, tu lui dis ça sèchement, lui reproche Harno. Tu aurais pu lui dire : « Je ne connais pas ton père et je suis sûr qu'il est formidable, mais il vient de crever. »

— Vous êtes horribles tous les deux, leur dit Hosly. Et il n'est pas sûr que son père ne soit plus de ce monde.

— J'en suis persuadée, répond Lya, tu viens de nous en donner la preuve. Car les Yoxa veulent que mon peuple prenne des armes à feu, vu que nos balles ne les blessent pas. On ne peut les tuer qu'avec des armes pointues.

— Je me suis fait avoir, dit Wylo. Depuis que je suis arrivé sur votre planète, c'est le Yoxa qui commande les ADM et il a réussi à détourner vos présidents à son profit.

Ils sortent du Colisée fatigués, avec leurs habits froissés, tachés de sang, et partent dans une voiture en direction du port. En arrivant, Wylo fait soudain jaillir le bateau devant des passants, surpris, qui restent immobiles en voyant la scène. Les amis montent dessus et commencent à partir, en observant toujours les piétons ébahis par ce qu'ils ont vu. Le navire arrive dans l'océan Indien ; Wylo amène Lya sur le pont pour qu'elle affronte sa guerrière. Celle-ci s'exécute, et une grande femme, avec trois animaux colossaux, se retrouve dans l'eau et l'agite.

— Pourquoi nous as-tu amenés ici ? se plaint la guerrière.

— Pour vous empêcher de me tuer, car, même si votre corps dépasse de l'eau, vous aurez du mal à avancer.

— C'est ce que tu crois… Mes animaux vont te manger ! menace la guerrière.

Pendant que la guerrière fait parler Lya, son oiseau descend sur sa proie, mais un dragon se manifeste et l'empêche d'approcher la femme. Le combat mental est rude, mais Lya, même fatiguée, résiste.

— Pourquoi tu ne me tues pas pendant que tu en as encore la capacité ?

— Je ne veux pas te tuer, je veux que l'on devienne amies.

À ces mots, la guerrière avec ses animaux se calme et, avant de disparaître, lui dit que, maintenant, elle peut contrôler les animaux sans la convoquer. Le soleil est à son zénith quand la mer redevient calme. Le bateau arrive dans l'océan Pacifique pour débarquer sur le port de Tokyo, au Japon. Ils marchent le long des quais pour en sortir et partent au centre-ville, où ils dévisagent une personne qui court en sautant partout.

— Vous me voyez, vous me voyez ? crie-t-elle.

— Il s'est échappé de l'asile, celui-là, dit Hosly en regardant l'individu s'exhiber dans la rue.

— Non, c'est un Yoxa, répond Wylo en le voyant venir vers eux.

— Je ne comprends pas pourquoi il se montre comme ça en public, s'étonne Lya.

— C'est pour savoir si tes citoyens peuvent le voir tel qu'il est en réalité, explique Wylo, qui voit la foule continuer sa besogne sans faire attention à l'individu.

L'extraterrestre s'avance, mais s'arrête net en voyant Wylo devant lui. Il fait demi-tour et part en courant. Wylo l'intercepte en lui plantant la lame de son sabre dans le ventre.

Les promeneurs qui ont assisté à la scène ne peuvent plus faire un pas, car ils sont pétrifiés de peur en voyant le corps se transformer. Wylo sort son sabre du cadavre en se tournant vers la foule qui part en courant et en criant, sans faire attention à un grand oiseau qui descend vers Lya pour reprendre sa place dans le dessin.

— Il a localisé une personne en Thaïlande, leur dit la femme, qui regarde une ville devenue déserte.

Le groupe reprend la route et, sur le chemin, trouve un tatoueur ouvert. Chacun son tour, ils se font dessiner un bateau sur la jambe gauche, une voiture sur la jambe droite et un avion sur le torse. Lya sort la dernière et monte dans la voiture de Wylo dans laquelle ses compagnons l'attendaient. Celle-ci commence à partir en calculant le trajet le plus court pour aller au port. Hosly, surprise de voir Wylo qui lui parle sans regarder la route, scrute la voiture et voit qu'il n'y a pas de chauffeur.

— Qui conduit, demande-t-elle?

— Elle se gère elle-même, répond Wylo. Ça fonctionne comme pour ta guerrière ; tu lui donnes ton énergie et elle s'occupe du reste.

Le véhicule s'arrête, le groupe en descend et marche jusqu'au quai d'amarrage où Wylo fait apparaître son bateau. L'homme embarque sur le navire, mais, à peine est-il parti, que d'autres flottes les poursuivent en leur tirant dessus. Les compagnons de Wylo se hissent sur leur bateau eux aussi pour se défendre. Harno percute ses adversaires à pleine vitesse et les détruit grâce à ses piques entourant le bâtiment, pendant que Lya leur envoie des bombes à travers une bouche de femme et des missiles par la poitrine. Hosly déploie les ailes de son navire, qui décolle pour se placer au-dessus de ses opposants en déployant les canons tout autour pour cracher des boulets. Après la bataille, la mer se calme et tout le monde poursuit son chemin jusqu'au golfe du Bengale, où ils amarrent sur les quais. Lya fait sortir son Andrewsarchus, qui commence à chercher. Mais les passants, surpris de voir un animal aussi imposant, courent de peur en bloquant la sortie. Dans la cohue, un enfant reste au sol, blessé. Le chien s'arrête devant lui, et Wylo pose sa main sur le genou du garçon, qui guérit aussitôt.

— Comment as-tu fait ça? demande Hosly.

— Notre énergie ne sert pas qu'à matérialiser nos tatouages ; elle nous sert aussi à guérir nos blessures, qu'elles soient graves ou pas.

L'adolescent les regarde partir, stupéfié, et commence à les suivre à distance. Il se cache derrière des poteaux, des voitures, mais l'Azhdarchidae se pose en criant avec un son assourdissant derrière le dos du jeune garçon. Effrayé en le voyant, avec des gouttelettes qui se forment sur son visage, il tombe en reculant.

— Repars chez toi, lui dit Wylo en avançant vers lui.

— Je n'ai pas de maison, répond-il. Je vis tout seul, car mes parents sont morts.

— Tu as quel âge ?

— J'ai 14 ans et je m'appelle Troly. Je vous observe, car j'aime beaucoup vos animaux, même s'ils me font peur.

— Arrête de nous suivre et accompagne-nous, lui dit Wylo, qui reprend sa marche à côté de Lya et son colosse.

Ils atteignent la ville de Chiang-Rai, que l'animal traverse pour les amener dans une forêt immense où pêche un homme aux cheveux bruns et aux yeux marron. Celui-ci, en voyant le monstre, fait sortir son guerrier qui a un bouclier avec une chaîne électrique et un chapeau sur la tête.

— C'est énorme ! dit Troly, qui voit le géant devant lui. Comment vous faites ça ?

— Tu l'apprendras assez tôt, répond Wylo, qui le place derrière lui.

— On n'est pas venus ici pour te combattre, dit Lya, qui fait disparaître ses animaux pour encourager son adversaire à faire de même.

— Je m'appelle Kyl. Pourquoi me cherchez-vous ?

— Je sais que les ADM te recherchent et on a besoin de toi pour défendre ta planète, répond Wylo. Tu ne vas pas rester caché toute ta vie ; ils vont bien finir par te retrouver.

— C'est déjà fait, déclare-t-il en apercevant un guerrier qui pointe son fusil sur eux.

Lya sort sa guerrière, qui désarme son adversaire en le jetant au sol et en lui tordant le cou, pendant que ses animaux cherchent leur convocateur. Le guerrier squelette que Harno a fait sortir cherche le deuxième ennemi, mais celui-ci est couché dans la forêt avec un fusil à lunette et lui tire dessus.

— Tu m'as fait un trou dans l'os! crie-t-il en colère, en prenant sa hache pour remplacer la masse.

Il finit par le repérer et lui coupe la tête, mais un autre surgit.

— Chouette, j'ai droit à un deuxième combat!

Il prépare son arme, mais le guerrier disparaît au moment où la lame touche le sol.

— Sale cabot! crie le squelette enragé. C'est le mien!

Les animaux viennent de manger les invocateurs et disparaissent à leur tour avec leur maîtresse.

— C'est génial! dit Troly, qui a regardé la scène avec des yeux exorbités. Je veux des géants, moi aussi.

— Ce n'est pas un jeu, gamin. Où va-t-on? demande Kyl.

— On part pour l'Espagne, répond Wylo.

Un vaisseau tout plat se forme et le groupe monte à l'intérieur.

— Il ne fait pas de bruit, dit Lya. Comment fonctionne-t-il?

— Il se sert de l'air pour avancer. Une turbine le récupère et, pour aller plus vite, il doit en emmagasiner une grande quantité. Mais faites attention, car vos vaisseaux fonctionnent comme le mien, ils sont autonomes.

L'avion se pose dans un champ. Les membres descendent et marchent vers la ville de Madrid à la recherche d'indices. Quand, tout à coup, un avion de chasse passe au-dessus d'eux, au ras des maisons, pour ensuite reprendre de la hauteur en faisant de la voltige.

— Arrête de nous survoler! lui crie un passant en colère qui fait de grands gestes.

— Il le fait souvent? demande Wylo.

— En ce moment, tous les jours.

Il suit l'avion grâce à l'oiseau de Lya et s'arrête devant un terrain militaire.

— J'entre avec Harno, dit Wylo, pendant que tous les trois vous surveillez l'entrée pour le tuer s'il essaye de s'enfuir et gardez le petit derrière vous.

— Pourquoi nos avions les intéressent-ils? s'informe Lya.

— Ils veulent savoir si vos avions sont plus performants que leur vaisseau.

Ils entrent discrètement dans la caserne, où ils ouvrent la porte d'un bâtiment rempli de pilotes. Avec une rapidité incroyable, Wylo les assomme tous, mais ne trouve pas le Yoxa. Ils poursuivent leur intrusion en passant entre les avions pour rester cachés et dénichent le Yoxa dans le hangar en train d'examiner le vaisseau qui se trouve devant eux. Ils pénètrent à l'intérieur, mais, en les voyant, l'extraterrestre veut monter dans l'avion pour s'enfuir. Il n'a pas le temps d'exécuter son plan, qu'il s'écroule au sol avec un sabre planté en lui. Wylo récupère l'arme dans le corps de sa victime, et les deux amis ressortent furtivement du terrain militaire pour rejoindre le groupe qui les attend, dissimulé devant l'entrée.

— Une personne se terre en Islande, les prévient Lya.

En s'éloignant du camp, Wylo demande à Troly quelle arme il veut se faire tatouer. Il s'arrête sur le chemin devant un commerce et entre avec le garçon pour qu'il se fasse faire un disque laser sur l'épaule droite. Content d'avoir un dessin, Troly le contemple en montant dans l'avion pour se rendre en Islande et, pendant le trajet, apprend à maîtriser son énergie. Le vaisseau se pose derrière des montagnes proches de la ville de Reykjavik. En descendant, Lya fait sortir son Smilodon, qui commence à chercher l'individu. Il les conduit devant une cabane où un guerrier aux cheveux hérissés avec deux grands boomerangs accrochés à ses épaules se manifeste dans le dos de l'animal. Mais quatre autres guerriers avec un dragon se montrent derrière lui, et Troly, émerveillé, regarde ces géants avec de grands yeux ouverts.

— On ne veut pas te tuer ! crie Wylo pour que son adversaire l'entende.

— Je m'appelle Yaol. Pourquoi êtes-vous ici ?

— On est venus te chercher pour que tu nous aides à défendre ta planète.

Apparaît alors un homme aux cheveux noirs et courts avec des yeux verts, qui leur dit qu'il va les suivre, car c'est son guerrier qui le lui a demandé. Il les amène en ville jusqu'à une vitrine pleine de motifs, et Troly ouvre la porte pour entrer dans la boutique. Il en ressort avec un dessin sur son épaule gauche en forme de sabre laser avec un cercle au bout de celui-ci et suit le groupe qui part dans la direction du bruit des vagues. Ils embarquent sur le bateau de Wylo pour aller en Angleterre et, pendant que le navire s'enfonce vers l'horizon, Troly s'entraîne à contrôler son énergie sur le pont jusqu'au coucher du soleil. En observant le paysage, il reste émerveillé devant sa splendeur, et toutes ses pensées s'effacent petit à petit pour ne laisser qu'un vide à l'intérieur de lui. Là, il ressent un picotement sur son épaule droite et serre sa main sur le disque qui vient d'apparaître. Content, il le lance pour le contempler au-dessus de l'eau, quand il se rend compte qu'il se dévisse en plusieurs petits disques. Il le voit faire demi-tour, et, en revenant, celui-ci se reforme en un grand disque que Troly reprend dans sa main.

— Tu as une belle arme, lui dit Wylo, qui l'a observé.

— C'est cool d'être magicien ! s'exclame-t-il de joie.

— Il n'y a rien de magique là-dedans, ton énergie fait partie de toi. Je te l'apprends, car ce sont les jeunes qui sont l'avenir sur cette planète, vous êtes prêts à évoluer pour aller de l'avant.

L'obscurité se manifeste quand le navire accoste à Londres. Le groupe marche pendant la nuit dans les rues de la ville et regarde deux avions de chasse de l'armée de l'air qui viennent à la rencontre d'un vaisseau inconnu qui plane au-dessus d'eux. Celui-ci tire deux fois ; les projectiles touchent ses adversaires, en en détruisant un, pendant que l'autre s'écrase dans la ville à côté du groupe qui part aider le pilote.

— Pourquoi n'avez-vous pas riposté ? demande Wylo.

— Je n'ai pas pu, mes armes à tête nucléaire sont brusquement devenues inopérantes. De toute façon, ce vaisseau est trop rapide, je n'ai rien vu venir.

Wylo monte dans son avion et le combat s'engage. Le Yoxa, s'apercevant que son vaisseau est trop lent et moins maniable que celui de son adversaire, essaye de s'échapper, mais Wylo le détruit pour ensuite rejoindre le groupe au sol.

— Il faut trouver le dernier qui se cache en Australie, car, maintenant, il sait qu'il peut bloquer vos armes, même à tête nucléaire, dit-il.

— Mais il reste aussi celui des ADM, intervient Lya.

— Je sais, mais celui-là est bien protégé. Je vais avoir besoin de tout le monde, car il va falloir tuer tous les agents pour le capturer.

Avant de continuer sa route, le groupe fait pénétrer Troly chez un tatoueur, qui dessine un guerrier dans le dos du garçon. En sortant de la
boutique, le gamin saute partout de joie en suivant ses compagnons qui
montent dans l'avion. Sur le chemin, l'adolescent arrive à matérialiser le
sabre laser de deux mètres et s'entraîne sur le toit. Il place sa main dans
le cercle qui tourne sur lui-même en projetant de gros lasers, tandis que
le sabre grossit. Il a du mal à tenir son arme, car elle devient de plus en
plus lourde et Wylo le voit tomber de fatigue. Il le prend dans ses bras et
le pose dans son sac de couchage, quand Harno se joint à lui.

— Tu vas le laisser se battre dans l'assaut final ?

— Non, on doit tout faire pour qu'il reste en vie, car, si on meurt, c'est
ce garçon qui va apprendre à ton peuple l'évolution.

L'avion se pose dans les montagnes bleues, à cent kilomètres de la ville
de Sidney. La porte s'ouvre, faisant entrer les rayons du soleil. Le groupe
quitte le vaisseau pour aller enquêter en ville et apprend que des êtres
humains avec des animaux disparaissent mystérieusement dans les montagnes. L'équipe part donc dans les collines, où Lya sort ses chiens pour
chercher l'individu, et trouve des os de squelette sur son chemin. Les animaux continuent leur marche jusqu'à une grotte et disparaissent quand
le groupe pénètre à l'intérieur. En s'enfonçant encore plus profond, il voit
des cages remplies d'êtres humains avec toutes sortes d'animaux coincés
à l'intérieur. Il les libère et apprend qu'une créature les mange. Il s'avance
sans bruit jusqu'au fond de la grotte, où il découvre des squelettes autour
du Yoxa, qui fait cuire un être humain sur un bâton.

— Mais c'est vrai, il nous trouve à son goût, dit Harno.

L'extraterrestre l'entend, mais Wylo est le plus vif et lui plante son
sabre avant qu'il puisse s'enfuir. Les compagnons reprennent le chemin
du retour, en amenant vers la sortie le reste des survivants de la caverne.
Ils aperçoivent alors de la lumière avec un grand oiseau dans le ciel qui
s'approche de Lya pour lui dire que trois personnes se cachent en Grèce,
avant de reprendre sa place dans le dessin. Wylo place les personnes qu'il
a sauvées en ligne et les guérit en posant sa main sur leurs blessures, qui
se résorbent. Surpris en entendant des balles qui sifflent à côté d'eux, les

membres de l'équipe constatent qu'ils sont encerclés. Lya fait sortir son Smilodon et l'Andrewsarchus, qui commencent à manger leur adversaire, pendant que tous ses amis se battent. Troly, qui reste en retrait, voyant ses compagnons en danger, fait apparaître son sabre laser qui tire tout en grossissant. Il arrive à maintenir l'arme de ses deux mains dans une lutte constante ; il frappe dans le vide pour envoyer une grosse quantité de vent, qui découpe le haut de la montagne avec ses adversaires. Le vacarme a fait apparaître deux guerriers, arme à feu en main, que le dragon fait tomber avec sa queue pour, ensuite, leur cracher du feu dessus ; ils disparaissent avec leur invocateur.

— Sale dragon, tu vas devenir mon animal de compagnie ! crie le guerrier squelette en colère qui n'a pas pu se battre.

— Tu as une arme dangereuse, lui dit Wylo, qui regarde la moitié de la montagne détruite. Mais maintenant que tu as commencé à démolir ce paysage, tu vas finir en sortant ton guerrier pour le contrôler.

Le garçon fait surgir un géant avec un œil blanc et jaune. Il est ensanglanté sur le visage gauche, avec des canons laser sur chaque épaule et des piques sur le long de son crâne chauve. Il a aussi un gros bracelet en forme d'avion sur chaque bras, avec un sabre à l'intérieur. Troly saute de joie en l'admirant, mais le guerrier, qui essaye de l'écraser, le regarde avec mépris. Ses amis partent l'aider, mais Wylo les arrête.

— Il doit faire cette épreuve tout seul.

— Pourquoi m'as-tu fait aussi moche, se plaint le géant ?

— Tu n'es pas laid, tu es génial, répond le garçon, qui ne le lâche pas des yeux, avec enthousiasme. Tu es fort et, en te regardant, on ne peut que te respecter.

En voyant les yeux du petit garçon qui brillent, le guerrier se calme et disparaît. Après cette scène, le groupe grimpe dans le vaisseau, qui traverse le pays pour aller en direction de la Grèce. Il se pose derrière le temple d'Athéna, dans la ville d'Athènes, et l'équipe entre dans un bâtiment où elle s'avance vers un couple qu'elle a repéré : un garçon aux cheveux mi-longs avec des yeux marron et une fille aux longs cheveux roux avec des yeux gris clair.

— Déshabillez-vous, leur dit Wylo.

— Hors de question ! proteste la femme en colère.

— Alors toi, tu as une façon de draguer qui m'impressionne, lui dit Harno en passant à côté de lui. On veut savoir si vous avez des tatouages.

— Pourquoi ? demande l'homme.

— On a besoin de vous pour protéger notre planète, intervient Lya. On est les seuls à pouvoir le faire, car les Yoxa sont plus forts que notre peuple et je sais que vous avez un guerrier dessiné dans votre dos, leur explique-t-elle en montrant le sien.

— Qui sont-ils ? demande la jeune femme.

— Ce sont des extraterrestres qui vont attaquer votre planète, répond Wylo, et vos balles ne leur font rien. Vous ne pouvez pas les noyer, ni les repérer, ni utiliser vos bombes, ni les asphyxier, car ils peuvent respirer sans oxygène et, niveau force, ils vous dépassent. Ils sont aussi plus intelligents que vous et ils apprécient votre chair. Leurs vaisseaux sont plus rapides et plus maniables que les vôtres.

Il arrive à les convaincre et sort du temple, mais un guerrier avec des vêtements de mammouth, qui tient un gros gourdin à pics dans ses mains, leur bloque le passage.

— Il se croit encore au temps de la Préhistoire, dit le squelette que Harno a fait apparaître derrière lui.

— Tout va bien, Hélian, dit le couple, tu peux enlever ton guerrier.

Celui-ci disparaît et un homme aux longs cheveux blancs, aux yeux noirs avec un anneau dans le nez, rejoint ses amis.

— On part avec eux pour les aider à défendre notre planète, disent Angelle et Anol.

— On a tout le monde ? demande Wylo à Lya.

— Je pense, mon oiseau ne repère plus personne.

— Comme on n'est pas beaucoup, sur le trajet jusqu'à l'île de Naxos, je vais vous entraîner pour vous rendre plus forts.

Le bateau passe par la mer Méditerranée, et l'eau s'agite à cause des guerriers qui s'affrontent dans les flots. À chaque combat, le dragon détruit son adversaire, mais celui de Troly résiste. Il envoie des boules de lasers avec ses canons, que le dragon évite. Alors, il détache les ailes de ses bracelets en forme d'avion, puis encercle son ennemi en lui tirant dessus. Le dragon fonce sur le guerrier, mais celui-ci sort ses deux sabres laser pour se défendre et fait remuer l'eau de plus en plus fort. Il tient bon face à l'assaut de son adversaire, mais le dragon se redresse en battant des ailes, propulsant de grandes quantités de vent qui forme une marée immense devant le guerrier. En voyant cette houle qui s'avance vers lui, il place ses sabres dans les canons pour les assembler et tire une énorme boule qui sépare la vague en deux en explosant. Le combat est interminable, mais le garçon, qui a gaspillé trop d'énergie, tombe de fatigue et son guerrier disparaît.

— Il me fait flipper celui-là, dit le squelette qui a regardé la scène.

Quand ils ne s'entraînent pas avec leur guerrier, ils essayent de développer leur énergie et de renforcer leur mental. Le navire arrive dans la mer Égée et accoste sur l'île. Lya fait sortir son Azhdarchidae, qui monte dessus avec ses compagnons. Il traverse la ville, et, en passant au-dessus d'une forêt, des balles frôlent l'oiseau, qui descend à côté d'un grand bâtiment où des guerriers se montrent.

— J'en prends deux, j'en prends deux ! crie le squelette, qui tape sur le pied de son adversaire avec la massue et lui coupe la tête avec sa hache.

Ensuite, il en frappe un autre avec son fléau d'armes et lui coupe aussi la tête avec son épée.

— J'adore voir des têtes rouler, dit-il d'un air amusé.

La guerrière de Lya se bat contre un opposant pendant que ses animaux s'attaquent à d'autres adversaires. Elle attrape son rival, le projette sur son genou et lui brise la colonne vertébrale. Le guerrier de Kyl enroule sa chaîne électrique sur ses ennemis, tout en se protégeant avec son bouclier, et la guerrière de Hosly les transperce avec ses faucheuses pendant que celui de Yaol les coupe en deux avec ses deux boomerangs. Le guerrier de Hélian les frappe avec son gourdin, et les pics se décrochent de son arme pour aller se planter dans ses adversaires. Ensuite, les pics se remettent sur le gourdin. La guerrière d'Angelle sort son Lajatang, qui transperce des ennemis, pendant que le guerrier d'Anol les découpe avec ses armes dans chacune de ses six mains. Le squelette aperçoit les deux nouveaux guerriers et constate que la guerrière d'Angelle a de longs cheveux blonds, des cicatrices sur le visage et qu'elle tient dans ses mains un bâton en forme de demi-lune avec d'énormes lames à chaque extrémité. Celui d'Anol a une grosse tête et de grosses dents avec toutes sortes d'armes dans ses six mains.

— Ils sont effrayants, dit-il. J'adore ! Et vous tous, crie-t-il à ses compagnons, je vais me servir de ma nouvelle arme, alors mettez-vous à l'abri, car ça va faire mal.

Il ouvre la boîte dans son dos et prend un ruban. Surpris, il regarde Harno.

— Je fais quoi avec ça ?! s'exclame-t-il de colère en l'agitant dans tous les sens.

— Fais attention, lui dit Harno, arrête de le secouer, tu vas nous faire tous exploser.

Le squelette voit que le tissu devient rigide, avec des os dessinés dessus. Il étire le ruban et voit une trentaine d'os qui s'envolent pour exploser plus loin.

— Cool, cette arme me plaît.

Pendant que le squelette admire sa nouvelle arme, le dragon frappe ses adversaires avec sa queue et les croque. Il veut en manger un autre, mais le guerrier de Troly se manifeste, envoie des bombes et coupe ses ennemis avec ses sabres.

— Mes os frissonnent à chaque fois que je le vois, se plaint le squelette.

Les guerriers se battent avec acharnement pendant que leurs maîtres cherchent le Yoxa dans le bâtiment, et tuent tous les agents qu'ils croisent avant d'arriver dans une pièce où les attend un homme.

— Vous arrivez trop tard. Mon peuple sait qu'il est supérieur au vôtre et il va bientôt venir.

— On vous attend, répond Wylo, qui lui plante son sabre dans la jambe. Où est ta planète ? demande-t-il.

— Tu ne la trouveras jamais.

Il enfonce sa lame plus profondément et le Yoxa grimace.

— Tu me dis où se trouve ta planète et je te laisse en vie.

Comme il voit que le Yoxa reste muet, il prend son deuxième sabre et l'approche du cou de son adversaire. Celui-ci commence à avoir peur, alors il lui dit que sa planète s'appelle Tardem.

— Maintenant, enlève-moi cette lame.

— Je t'ai menti, dit-il en lui coupant la tête. Maintenant, on part à Bruxelles pour s'inviter à la réunion de l'Otan.

L'avion se pose sur le toit, et le groupe commence à entrer dans le bâtiment. Il descend de plusieurs étages quand il voit par une fenêtre le guerrier squelette qui leur montre une pièce. Tous les présidents discutent entre eux lorsque le groupe se manifeste.

— Comment êtes-vous entrés ici ? demande le speaker surpris.

— Grâce à nos amis, dit Wylo en montrant une fenêtre.

Tous les présidents regardent dans la même direction et, en voyant la tête du squelette, reculent contre le mur du fond.

— Enlève ta tête de là, lui dit la guerrière de Lya. Tu vois bien que tu leur fais peur.

— Pourtant, je fais mon plus beau sourire.

— Qu'attendez-vous de nous ? demande l'un des présidents, qui a repris ses esprits.

— On a tué tous vos agents spéciaux, déclare Wylo, et on sait que vous êtes au courant pour les Yoxa. Mais ce que vous ne savez pas, c'est que votre commandant des ADM était un Yoxa et qu'il vous a manipulés. Je vous demande de mettre vos citoyens à l'abri et de ne pas intervenir dans ce combat, sinon vous n'aurez plus personne à diriger. Les Yoxa sont largement supérieurs à vous, et les seuls encore capables de les arrêter, c'est nous.

— On ne va pas rester les bras croisés. Apprenez-nous à contrôler vos pouvoirs et on défendra notre planète.

— C'est trop tôt ; votre peuple doit voir par lui-même ce qui va se passer et, après, suivant sa réaction, le petit garçon ici présent pourra vous apprendre mes capacités.

— Vous plaisantez ? Vous pensez vraiment qu'un gamin peut nous apprendre vos capacités ?

— Ce *gamin*, comme vous dites, c'est votre avenir, votre futur et je vous conseille de ne pas le sous-estimer, car il est beaucoup plus fort que vous le spéculez, dit-il en partant.

Wylo amène ses amis dans un champ désert pour qu'ils apprennent à piloter leur avion.

— Vous avez réussi à piloter votre bateau ; c'est la même chose avec votre avion. Vous allez vous entraîner ici.

Lya sort un avion en forme de fleur, qui s'envole pour trouver celui de Wylo. Son vaisseau détache ses pétales, qu'il tire sur son ennemi. Wylo évite l'attaque et commence à riposter, mais les pétales reviennent se mettre en place et tournent sur eux-mêmes pour former un bouclier. Les deux vaisseaux se posent et Wylo recommence le même exercice avec les autres membres de l'équipe. Troly, face aux machines étranges se présentant les unes après les autres, se réjouit d'en avoir une pour lui, mais Wylo lui dit que, pour le moment, ce n'est pas possible, car il doit se mettre à l'abri quand la guerre va commencer pour les aider en leur donnant un plan des pays de la Terre.

— Tu vas envoyer ton guerrier dans chaque pays pour qu'il marque en rouge ceux où l'on ne peut pas intervenir. Et quand un sera libre, le point deviendra vert. Tu pourras alors envoyer ton guerrier dans un autre pays, lui explique Wylo.

— Mais il y a beaucoup de pays, se plaint-il.

— Je sais, mais ton guerrier est très fort, il est capable de sauver beaucoup plus de pays que nous tous réunis, à condition que tu aies assez d'énergie à lui transmettre.

La nuit commence à tomber et les présidents ont fait évacuer leurs citoyens toute la journée dans des bus pour les conduire jusqu'à un refuge souterrain. Ils continuent leur évacuation, mais des vaisseaux commencent à apparaître au-dessus des pays qu'ils attaquent. D'autres avions se montrent en ripostant et en détruisent le plus possible, mais leurs adversaires sont trop nombreux.

— On a vu petit, dit Harno, qui se bat au-dessus de la Belgique avec un avion en forme de tête de mort envoyant des missiles par les yeux et une grosse bombe par la bouche. On ne peut pas détruire tous ces vaisseaux tout seuls.

— Bien sûr que si! répond Lya, qui défend la Pologne. On est plus rapides et agiles que nos adversaires.

Troly, qui arrive dans un abri, se place dans un coin pour canaliser son énergie. Il déplie la carte pour regarder le point bleu qui marque la Roumanie, où Hosly se bat avec un avion en forme de lune qui peut se diviser en deux. En Italie, c'est Kyl avec un avion en forme de chaîne. En Suède, on trouve Yaol avec un avion en forme de boomerang. Le Canada, c'est Hélian qui s'y colle avec un avion en forme de hérisson; en Russie, on aperçoit Angelle avec un avion en forme de coupe; en Grèce, on peut voir Anol avec un avion en forme d'hélices; Wylo est en Amérique. Troly se concentre sur les pays marqués en rouge, et notamment l'Islande, pour faire apparaître son guerrier. Celui-ci attaque ses ennemis en leur envoyant des boules de laser et détache ses avions pour qu'ils anéantissent leur adversaire. Mais cela n'étant pas suffisant, les avions décrochent leurs ailes, qui tirent elles aussi sur leur opposant. Le guerrier sort ses sabres laser pour les placer dans les canons, qui s'enlèvent de ses épaules et les fusionnent. Il tire une énorme boule qui fait exploser le grand vaisseau ennemi. Troly remarque sur la carte que le pays devient vert. Alors, il fait disparaître son guerrier pour le faire atterrir en Allemagne, où il reproduira son action. Le combat est rude et n'en finit pas, mais plusieurs vaisseaux étranges en forme de demi-lune, d'étoile, de carré, de rectangle, de plateau et de losange apparaissent en détruisant eux aussi les avions des Yoxa. Wylo, surpris et heureux de les voir, informe ses amis que ce sont des alliés. En détruisant encore une machine volante au-dessus de l'Amérique, il s'aperçoit qu'il reste des individus en bas que l'on évacue.

— Envoyez vos guerriers protéger les bus, il reste encore des personnes.

En voyant les monstres, les individus se cachent tous sous leur siège, de peur, mais, en comprenant qu'ils défendent le car, ils reprennent confiance. Le squelette est heureux; il a des ennemis partout qu'il peut piétiner puis écraser avec ses mains.

— Regardez-moi ces insectes courir avec leurs petites jambes ! dit-il.

Le dragon, l'Azhdarchidae et la guerrière de Hosly survolent les pays, en aidant les guerriers à protéger les bus, tout en détruisant les vaisseaux ennemis, pendant que le guerrier de Troly continue son massacre de pays en pays. Le dragon crache du feu sur ses adversaires, les mange et les fouette avec sa queue. Ensuite, il prend un avion entre ses griffes et le jette sur son semblable. L'Azhdarchidae mange aussi des ennemis et casse des machines volantes, pendant que la guerrière de Hosly descend vers un bus en détruisant tous les avions qui passent à côté d'elle, avec ses faucheuses. Elle s'empare du car et l'emporte dans un abri souterrain. Le guerrier de Kyl lance sa chaîne pour détruire ses ennemis, celui de Yaol envoie ses deux boomerangs, la guerrière d'Angelle utilise son Lajatang, le guerrier d'Anol les coupe en deux avec ses six armes et celui de Hélian utilise son gourdin avec ses pics.

La bataille finie, Lya regarde tous les vaisseaux repartir dans l'espace et interroge Wylo du regard.

— Ce sont tous les peuples que j'ai sauvés des Yoxa, lui dit-il.

— Pourquoi ne viennent-ils pas se présenter ?

— Ils le feront peut-être un jour.

— Maintenant, tu vas faire quoi ?

— Je n'ai pas fini ma mission, je dois aller sur la planète Tardem et je vous laisse apprendre à votre peuple à évoluer.

Wylo décolle et disparaît dans le ciel, en laissant ses compagnons avec leur guerrier sur la planète dévastée. Le squelette s'approche des guerriers d'Angelle et Anol.

— Vous êtes vraiment effrayants tous les deux, j'en perds mes os.

— On va vous faire disparaître, on n'a plus besoin de vous, leur annonce Harno.

— Oh, mec, tu ne vois pas que l'on est en pleine discussion ? lui reproche son guerrier.

— Tu reprendras cette conversation plus tard, lui dit-il en le faisant disparaître.

Wylo arrive sur la planète Tardem et se prépare à se battre, mais il ne rencontre aucune résistance. Il se pose et sort avec ses deux sabres, mais, là encore, le Yoxa qui se trouve devant lui ne riposte pas.

— Mon gouvernement veut te voir, dit-il.

Il le suit avec méfiance et entre dans un bâtiment où des personnes l'attendent dans une pièce.

— On n'a pas voulu cette guerre, on a même essayé de l'empêcher en les enfermant, mais ils ont réussi à nous échapper. C'est notre peuple qui a commencé. On est navrés et on espère que tu nous pardonneras, car c'est l'acte d'un groupe qui a eu de l'ambition.

— Ils ont attaqué plusieurs planètes et il y a eu beaucoup de morts. Alors, comment allez-vous réparer tout ça ?

— On va proposer notre aide à tous les peuples pour qu'ils reconstruisent leur planète, c'est tout ce que l'on peut faire.

— Ils ont tué ma femme et mes enfants, réplique-t-il, et je suis venu ici pour vous éliminer jusqu'au dernier. Mais je vois que vous n'êtes pour rien dans leur action, vous êtes juste incompétents. Avez-vous encore des rebelles ?

— Non, tu les as tous tués.

— Cette fois, surveillez bien votre peuple, dit-il en partant.

Un mois plus tard, Wylo revient sur Terre et voit de nombreux guerriers qui rebâtissent les villes avec les Yoxa.

— Alors, tu as décidé de rester avec nous, cette fois ? demande Lya.

— Je suis venu voir si les Yoxa ont tenu parole.

— C'est Hargol qui était content en les voyant, lui dit Harno. Il sautait en criant partout : « Chouette, des combats, des combats ! » J'ai été obligé de le calmer pour éviter une catastrophe.

— Hargol ? reprend Wylo.

— C'est comme ça qu'il m'a dit s'appeler.

— Il t'a dit son nom ; ça signifie que tu es allé jusqu'au bout de ton dernier stade d'évolution. Où est-il ? Je ne le vois pas.

— Regarde dans le coin gauche, ça fait un mois qu'il boude ici sans bouger, car il ne peut pas se battre.

— La mienne s'appelle Naya, dit Lya.

— Le mien Loky, continue Kyl.

— Le mien Carly, poursuit Hélian.

— Et moi Zouky, ajoute Anol.

— La mienne, c'est Dayala, intervient Hosly.

— Moi, Xona, dit Angelle.

— Pour le mien, c'est Youmy, dit Yaol.

— Et le mien, c'est Stromboly, dit Troly, qui lui montre son bateau avec son avion qu'il a fait tatouer.

La guerrière de Lya va retrouver le squelette encore une fois, pour le raisonner de nouveau afin qu'il les aide, mais sans succès.

— Dégage, Naya, ou je te coupe la tête et celle de tes animaux, réplique-t-il.

— C'est bon, maintenant, viens nous aider, dit Loky, qui voit qu'il essaye de mettre quelque chose à son oreille en s'approchant de lui. Mais qu'il est con, ce squelette ! Il ne boude pas, il tente de se mettre des piercings.

— C'est cool d'avoir des piercings, déclare-t-il. Regarde cette miniature, ajoute-t-il en montrant Hélian.

— Je t'aide à les placer et, après, tu viens nous aider, ordonne Carly, qui prend la massue du squelette.

Quand celui-ci place un piercing sur l'os de son nez, Carly le frappe avec l'arme et Hargol tombe deux mètres plus loin.

— Abruti ! crie-t-il en sortant son épée. Tu l'as cassé ! Toi, tu vas perdre la tête.

— Mais qui m'a donné des compagnons aussi bêtes ? dit Dayala en s'interposant entre eux.

— Vous avez fini de jouer ? On a besoin de vous ici, lance Zoumy, qui pose un toit sur une maison.

Une fois calmés, tous les guerriers retournent à leurs occupations, sauf Hargol, qui appelle des enfants.

— Venez, je vais vous montrer quelque chose, dit-il en s'approchant de deux guerriers. Zouky, Xona, comment allez-vous ?

Les deux guerriers se retournent et les enfants partent en courant, en criant de peur.

— Tu trouves ça drôle ? demande Zouky.

— Je ris tellement que je vais perdre mes os.

— Arrête ça tout de suite ! dit Xona en colère. On n'est pas une attraction !

— Vous plaisantez ? Vous êtes beaucoup mieux qu'une maison hantée !

— Ils ont raison, dit Stromboly, qui se montre derrière eux. Tu dois commencer à les respecter et partir aider les autres.

En entendant la voix du guerrier, Hargol se fige quelques instants et, quand il reprend ses esprits, va aider ses amis sans se retourner.

— Je vois que vous avez réussi à faire évoluer votre peuple, dit Wylo en se dirigeant vers son avion.

Et il disparaît dans l'espace pour retourner sur sa planète.

# Le Condamné

— On ne peut plus rien pour elle.

— Elle n'a que dix ans, n'avez-vous pas de moyen pour la sauver ?

— On a tout essayé. Pour la voir, c'est maintenant, lui dit le médecin.

Mayol entre dans la pièce et prend la main de sa fille, allongée sur un lit.

— Je sais, dit-elle avec un sourire, tout le monde doit mourir un jour, et aujourd'hui, c'est mon tour. Tu es un bon papa, qui aide les personnes. Alors, je veux que tu continues. Je ne veux pas te voir triste ni tomber dans les ténèbres.

Mayol ressort de l'hôpital effondré et en colère. Il reste enfermé toute une semaine chez lui, dans la ville de Faucille, à se morfondre en pensant à sa fille. Le jour des obsèques, il se montre avec un visage épuisé, des habits sales, les cheveux en bataille. Il prend le micro pour faire un discours.

« Lana avait perdu sa mère en salle d'accouchement. Mais c'était une petite fille toujours joyeuse et qui aimait tout le monde. Elle n'a pas eu le temps de grandir comme une fillette normale, se déplaçant souvent à l'hôpital. Mais elle ne faisait pas paraître qu'elle était malade. Vous savez, on a trois façons de mourir : en protégeant notre famille contre des personnes malfaisantes, de vieillesse ou de maladie. Ma fille n'a pas choisi de perdre la vie, c'est la maladie qui l'a emportée et elle ne méritait pas ça. »

La cérémonie funèbre finie, les ténèbres submergent Mayol, qui repart chez lui en se demandant pourquoi, à la vue d'une femme jouant avec ses enfants, eux ont le droit d'être heureux.

Il entre dans sa maison et prend une bouteille de whisky, qu'il vide, puis différents types d'alcool pour se faire un cocktail. Ses yeux commencent à se fermer. Quand il se réveille, toujours avec cette violence en lui, il s'aperçoit qu'il a dormi toute la journée. C'est alors qu'il décide que toutes les petites filles doivent mourir. Il se promène dans la ville jour et nuit. Un jour, alors qu'il erre dans la pénombre en passant sous les lampadaires qui éclairent son chemin, il voit une petite fille qui marche à côté de sa mère. Celle-ci s'arrête pour ouvrir la porte d'entrée de son domicile et, quand elle se retourne, sa fille n'est plus là. Affolée, elle la cherche partout en criant, mais sans succès. Elle se rend alors au commissariat.

— Inspecteur Carry, dit la secrétaire, une femme veut vous voir car sa fille a disparu.

— Encore une ? répond-il, surpris.

Après la déclaration de la plainte, la femme ressort du commissariat, et Carry rejoint Zota dans son bureau.

— On a encore une disparition. Ça fait la trentième en six mois, se plaint l'inspecteur.

— On fait tout ce qu'on peut, répond Zota, mais on n'a aucun indice pour le moment.

La secrétaire entre dans le bureau des inspecteurs et leur donne une enveloppe avant de rentrer chez elle. En l'ouvrant, ces derniers sont surpris. Ne figure sur cette lettre qu'une seule phrase qui a un rapport avec les disparitions d'enfant. Carry la lit à voix haute.

« Pour retrouver la dernière petite fille disparue, vous devez vous rendre au 76 rue des Pincelles. »

Zota tape l'adresse sur l'ordinateur. Apparaît le nom du propriétaire :

— Il s'appelle Mayol et on a une photo.

— On y va tout de suite, c'est juste à côté, dit Carry.

Les deux inspecteurs arrivent sur place et voient l'homme sortir de la maison. Ils suivent l'individu qui les amène jusqu'à une forêt intense où se trouve une cabane.

— Ne bouge plus, Mayol, disent-ils en pointant leur arme sur un homme aux cheveux courts, aux yeux marron et au corps musclé.

Le suspect se retourne et voit un petit homme corpulent aux cheveux bruns, courts avec des yeux verts, accompagné d'un second plutôt grand, mince, chauve avec des yeux gris.

— Tiens, voilà Laurel et Hardy, dit-il, moqueur.

— Où sont les victimes ? demande le plus grand des inspecteurs, en cherchant autour de la cabane.

— Vous n'allez rien trouver ici, inspecteur Zota, répond Mayol.

Pendant ce temps, Carry cherche à l'intérieur. Il trouve une trappe, qu'il ouvre pour descendre en souterrain, suivi de Zota. Il se précipite vers une petite fille allongée. De colère, il court vers la sortie, toujours talonné par Zota.

— Arrêtez, Carry ! crie-t-il aux policiers qui se trouvent dehors.

— Lâchez-moi ! Cet enfoiré a tué ma fille, dit celui-ci en se débattant de rage.

Le jour suivant, les inspecteurs amènent Mayol au tribunal, où toutes les familles des victimes sont présentes pour entendre le verdict du juge.

La sentence tombe. Mayol est reconnu coupable de tous ces meurtres et condamné à la peine de mort.

— Vous n'avez pas le droit ! s'exclame l'avocat du condamné face au juge. Cette peine n'est plus appliquée depuis longtemps. Et depuis quand juge-t-on un suspect le lendemain des faits en lui indiquant le verdict sans qu'une délibération ait eu lieu ?

— Taisez-vous, répond le juge, ma décision est prise. De plus, les inspecteurs ont retrouvé une fille morte dans sa cabane, dit-il en se levant pour partir.

Le jugement prononcé, les inspecteurs conduisent Mayol à la prison, où trois gardiens le prennent en charge.

L'homme reste toute une nuit en isolement. Au matin, il entend un gardien lui crier qu'il a des visiteurs avant d'ouvrir la porte de sa cellule pour l'amener dans une petite pièce.

— Agents Carry et Zota, comment allez-vous ?

— Bien. Et toi, cette maison, elle te plaît ? demande Zota.

— Pas mal. Il me manque le canapé et la télévision.

— Tu vas nous dire où tu as caché les corps de tes victimes.

— Vous ne les avez pas encore trouvés ? Vous êtes vraiment incompétents.

— On t'a bien arrêté, dit Carry.

— C'est vrai. Mais tu es arrivé trop tard pour ta fille.

— Enfoiré ! crie-t-il en lui sautant dessus.

Le gardien les sépare, et les agents informent Mayol qu'ils vont revenir, en regardant les surveillants l'amener jusqu'à sa cellule.

Pendant la nuit, un hologramme se manifeste dans la pièce d'isolement du condamné. Celui-ci, en voyant de la lumière, se lève d'un bond et se place devant son homologue.

— Qui es-tu ?

— Je viens t'aider.

— Ah oui ? Comment vas-tu m'aider ? Tu vas me faire sortir d'ici ? demande-t-il en riant.

— En quelque sorte. Je vais t'aider à sortir ton esprit d'ici. Pour ça, tu ne dois plus penser et faire battre ton cœur à très basse fréquence pour que ton cerveau navigue dans le vide.

— Ce n'est pas mon esprit qui doit être sauvé, mais moi.

— Je n'ai pas le droit de faire sortir ton corps physique. Je te surveille depuis longtemps et tu mérites d'être ici, car tu as tué trop d'enfants.

— Donc, tu as vu comment je les ai tués. Et alors, as-tu apprécié ?

— As-tu pensé aux familles qui pleurent leurs victimes ? Je te donne une chance pour te rattraper. Ne veux-tu pas faire quelque chose de bien avant de disparaître ?

— Bien sûr ! Je vais te tuer ! crie-t-il.

Il se jette sur lui, mais passe à travers et atterrit contre le mur.

— Calme-toi ou je rentre pour le faire ! crie le gardien, qui a entendu du bruit, en tapant sur la porte.

— Tu es tout seul pour m'arrêter ?

— Ce sont tes trois gardiens favoris, répondent avec ironie William, Also et Plany, qui entrent matraque en main.

Le combat s'engage. Après avoir pris des coups, les gardiens finissent par le mettre à terre avec l'arme.

— Ça fait une semaine que tu es là et tu n'arrêtes pas de nous provoquer. Pour la peine, ton séjour en isolement va durer plus longtemps, disent-ils avant de partir.

Après ce combat. Mayol dort et se retrouve spectateur d'une scène lors de laquelle un homme viole une femme. Son esprit essaie de frapper l'individu, mais rien ne se passe et il repart dans son corps.

— Alors, as-tu apprécié ce voyage ? lui demande l'hologramme.

— C'est toi qui m'as fait ça ?

— Non, tu as cette capacité. Si je te surveille, ce n'est pas pour rien.

— Mais qui es-tu ?

— Je viens d'une autre planète. Je suis différent physiquement, mais je fais croire à ton cerveau que je suis humain.

— Que s'est-il passé ? J'étais dehors dans une forêt et je me suis réveillé dans ma cellule.

— C'est ton esprit qui est sorti. Ton corps, lui, est resté ici.

— Tu veux faire sortir mon esprit d'ici, mais dehors je ne peux rien toucher. Je n'ai pas réussi à enlever l'homme au-dessus de la femme.

— Tu ne voulais pas la sauver, mais sortir l'homme pour prendre sa place.

Mayol se met à rire.

— Tu me connais bien.

— Tu as des visiteurs, dit William en ouvrant la porte de la cellule de Mayol pour l'amener dans une pièce. Attention, tu commences à devenir fou, le prévient-il sur le trajet, tu parles tout seul.

— Je réfléchis à voix haute pour trouver un moyen de m'évader d'ici, répond-il en éclatant de rire.

— Tu es vraiment un phénomène, toi, finit par dire le gardien en basculant la poignée de la porte pour l'ouvrir.

— Mes deux agents préférés, dit Mayol en les voyant assis dans la pièce.

— Ça doit être dur pour toi, répond Zota. Tu ne distingues plus le jour de la nuit et tu dois t'ennuyer.

— En ce moment, j'ai plein d'occupations.

— Tu sais pourquoi on est ici ? Dis-nous où tu as caché les corps.

— Quoi ? Vous êtes encore à leur recherche ? Ils doivent courir plus vite que vous, dit-il en se moquant.

— Tu trouves ça drôle ? réplique Carry en colère.

— Calme-toi, lui dit Zota. Tu m'as promis que tu n'allais pas t'énerver.

— Tu devrais surveiller ton chien de garde, dit Mayol.

Zota arrête Carry, qui commence à sauter au-dessus de la table, et tous deux sortent de la pièce.

— Tu n'arrêtes jamais, toi, il faut toujours que tu t'attires des ennuis, le blâme Willam sur le chemin de retour vers sa cellule.

— Je vois que tu as pris encore du muscle, dit l'extraterrestre, qui se montre dans le cachot de Mayol.

— Te voilà, salaud ! C'est toi qui m'as donné aux policiers.

C'est pour ça qu'ils ont réussi à retrouver le corps de la fille du flic avant que je ne m'en débarrasse.

— Mais je vois qu'on est plus intelligent que je ne le pense. Maintenant, tu veux me sauter dessus ?

— Ça ne sert à rien. Tu es un hologramme, je vais encore passer à travers toi.

— Cette fois, je me présente devant toi.

Mayol lui saute dessus sans prévenir, mais l'extraterrestre le neutralise sans aucune difficulté.

— Tu es trop faible, humain, pour me battre.

Mayol retente trois fois, sans succès. Au bout de dix minutes sans parvenir à toucher son adversaire une seule fois, il s'arrête de fatigue, et l'extraterrestre part.

Mayol dort, mais son esprit qui se retrouve dehors voit une petite fille de dix ans aux cheveux longs et blonds et aux yeux gris clair se faire kidnapper devant son école. Ledit esprit se manifeste dans la voiture à côté d'elle et les personnes aux alentours remarquent une fillette sauter du véhicule, et courir en direction de sa mère. L'esprit de Mayol repart dans son corps et se lève en sursaut. Il fait face à l'extraterrestre.

— Pourquoi as-tu sauvé cette petite fille ?

— Elle ressemblait à ma fille.

— Ressemble, reprend l'extraterrestre.

— Quoi ? Tu n'es pas au courant ? Je croyais que tu me surveillais.

— C'est vrai, mais seulement depuis que j'ai constaté que tu avais cette capacité. Maintenant, je sais comment elle s'est révélée. Tu as dû subir un grand choc, qui te l'a débloquée.

— Ça ne te regarde pas, réplique-t-il. Mais je voudrais savoir comment j'ai fait pour toucher la fillette.

— Tu as tellement voulu la sauver que ton esprit l'a fait.

— Je vais continuer et, à force, le juge me sortira d'ici pour bonne conduite.

— Non, personne ne va te faire sortir de prison, car personne ne saura que c'est toi qui vas sauver tout ce monde.

Puis, l'hologramme disparaît en entendant un gardien marcher dans le couloir.

— Mayol, tu vas rester tranquille si je te fais sortir ? demande Plany, qui frappe à la porte de la cellule.

— Oui, je vais bien me tenir.

Le gardien ouvre la porte et l'amène dans la cour avec les autres détenus. Pour la première fois depuis un mois, il ressent les rayons du soleil frapper son visage. Il a mal aux yeux à cause de la lumière. Il aperçoit l'extraterrestre au fond de la cour et part le rejoindre.

— Tu es fou de te montrer ici.

— Un conseil : ne parle pas trop fort. Tu es le seul à pouvoir me voir.

— Les gardiens veulent me remettre dans une cellule avec un autre détenu.

Je ne pourrai plus me servir de mes capacités ni parler avec toi.

— Pour tes capacités, tu pourras t'en servir. Mais si ton esprit part sauver une personne et que l'autre détenu veut te tuer, il va revenir aussitôt dans ton corps pour le sauver, car il ne peut pas vivre sans. Et on pourra toujours se parler dans la cour. Je m'appelle Zlopé. Je voudrais savoir ce qui s'est passé avec ta fille.

— Elle est morte à cause du sida. Je ne l'ai pas supporté, dit-il avec des larmes qui coulent sur ses joues. Alors, quand j'ai vu cette fillette qui lui ressemblait, j'ai repensé à ce qu'elle m'avait dit avant de mourir. Pourquoi mon bras droit me fait-il souffrir ?

— C'est à cause de ton esprit. Quand il a sauté de la voiture pour sauver la fille, il est mal retombé. Toutes les blessures que tu peux avoir, ton corps va les ressentir.

La pause terminée, les surveillants accompagnent les prisonniers dans leur petite cellule, mais un groupe coince Mayol dans un recoin sous le regard des gardiens.

— On n'aime pas les personnes comme toi, qui s'en prennent aux enfants, disent-ils en lui donnant des coups jusqu'à ce qu'il reste cloué au sol.

Les prévôts ferment les barreaux des portes une par une, mais s'arrêtent à celle de Mayol, car il n'est toujours pas à l'intérieur.

— Trouvez-le-moi, dit Willam à ses compères.

Ils se séparent et fouillent toute la prison, sans aucun résultat. Les gardes commencent à être agacés et fatigués de courir partout. Alors, Also s'avance vers le bouton d'alarme, quand il entend un appel radio de Plany signalant que Mayol a été trouvé dans les douches, allongé et blessé. Les autres gardiens viennent aider Plany à soulever l'homme pour l'amener dans sa cellule, où ils le jettent sur le lit en voyant arriver l'infirmière avec sa trousse de secours.

Après l'avoir examiné, celle-ci rend son diagnostic.

— Sa vie n'est pas en danger. Ce sont de légères contusions, affirme-t-elle en partant avec les agents pénitentiaires, qui laissent le taulard sur sa couchette.

Dans sa cellule, Mayol dort pendant que son esprit est au-dessus d'un ruisseau rapide sur lequel une famille navigue dans un canoë. Un enfant tombe à l'eau et est emporté par le courant. Les parents ne parviennent pas à le rattraper et l'enfant commence à se noyer. L'esprit le ressort alors de l'eau et le replace dans le canoë.

— Mayol, debout ! dit Also qui le réveille en frappant aux barreaux de sa cellule. Deux personnes veulent te voir.

— Je vois que tes nouveaux amis t'adorent, dit Zota en observant le visage de Mayol.

— C'est ça d'être célèbre, ils m'aiment tous.

— On ne perd pas de temps, dit Carry. Dis-nous où sont les corps.

— Vous ne pourrez pas les retrouver.

— On est venus ici, car on nous a dit que tu étais prêt à nous dire où tu les cachais, répond Zota.

— Laissez-moi finir ma phrase, réplique-t-il. Il n'y a plus de corps, car je les ai jetés dans l'océan pour que les poissons carnivores les mangent.

— C'est horrible ! s'exclame Zota.

— Je n'étais plus moi-même, s'excuse-t-il. J'avais perdu ma fille, alors plus personne ne devait avoir de fille.

L'interrogatoire fini, Mayol repart dans sa cellule, qui est encore dans la pénombre à cause de la nuit. Il se rendort, mais son esprit se trouve dans une rue où un couple se fait agresser par trois hommes. L'esprit jette le premier individu contre le mur et assomme le deuxième avec un seul coup de poing. Le troisième, qui a vu ses deux amis tomber tous seuls, se saisit d'un couteau et l'agite dans le vide. Mais l'esprit le neutralise avant de repartir ensuite dans son corps après que le couple a été sauvé. Mayol ouvre les yeux et constate qu'il saigne de son bras droit.

— Gardien ! crie-t-il.

— Ferme-la, Mayol ! disent William et Plany en venant vers la cellule. Tu vas réveiller tout le monde.

— Je saigne d'un bras, je dois aller à l'infirmerie.

William l'amène pour qu'il se fasse soigner pendant que Plany fouille entièrement la cellule à la recherche d'une lame.

— Comment t'es-tu fait cette blessure ? questionne William.

— Je me suis râpé contre le mur.

— Tu plaisantes ? Ta plaie est profonde. On dirait que tu as reçu un coup de couteau.

— On n'a pas d'arme dans nos cellules, répond-il.

— Ne joue pas au plus intelligent avec moi, Mayol. Maintenant, tu vas finir ta nuit en silence, dit-il en le ramenant dans sa cellule.

Les premiers rayons de soleil éclairent la prison, et les portes des détenus s'ouvrent pour que ceux-ci partent dans la cour.

— Je commence à comprendre les risques que j'encours, dit-il à Zlopé.
Cette nuit, en sauvant un couple, je me suis fait blesser par un couteau.

— Si tu reçois une balle en tant qu'esprit, tu peux en mourir. Mais, de toute façon, tu es déjà condamné.

La lumière du jour s'atténue et Also commence sa tournée de distribution du courrier aux prisonniers. Il s'arrête devant la pièce de Mayol et lui remet une lettre, que celui-ci lit aussitôt.

« Pourquoi avez-vous tué ma fille ? La peine capitale est méritée. Au moins, vous ne pourrez plus recommencer. J'espère que vous souffrez autant que moi. »

L'homme la pose sur les autres et s'allonge sur sa couchette. Toutes les nuits, l'esprit sauve des vies, et la journaliste de l'émission « Phénomène étrange » commence à en parler, car elle a reçu beaucoup de témoignages. Cette fois, l'esprit se trouve dans le bureau de la directrice d'un orphelinat.

— On est perdu, dit-elle, je ne vois pas comment faire pour nous sauver.

— On va bien trouver une solution pour récupérer de l'argent, lui répond son collaborateur.

Après cette découverte, l'esprit repart dans son corps et, l'après-midi, Mayol raconte à Zlopé, qui se trouve dans la cour, ce qui lui est arrivé.

— J'ai la solution si tu veux sauver l'orphelinat, lui dit Zlopé. Je viens d'apprendre que je dois repartir sur ma planète, car les Yogami sont venus kidnapper des femmes.

— En quoi cette information peut-elle sauver l'orphelinat ?

— Aide-moi et tu seras payé en lingots d'or. Mais je te préviens, c'est très dangereux et ce n'est pas sûr que tu reviennes de cette mission vivant.

— Pourquoi les Yogami volent-ils vos femmes ?

— C'est un peuple d'hommes brutaux qui violent les femmes. Et quand celles-ci accouchent, ils les tuent.

— De toute façon, je suis condamné. Mais comment va-t-on faire ? Je ne peux pas partir sans que les gardiens s'en aperçoivent.

Zlopé fait apparaître un clone, et Mayol voit qu'il lui ressemble à la perfection.

— Je vais transférer les informations dans ce clone, lui précise-t-il en plaçant des électrodes sur la tête de Mayol puis du clone.

Le processus dure une heure. Puis, Zlopé disparaît avec Mayol avant le lever du soleil pour atterrir sur la planète Kalmédia. Le prisonnier contemple le paysage autour de lui et s'aperçoit qu'il est aussi beau que sur la Terre. Mais il sort de sa rêverie quand il entend des guerriers s'approcher.

— On n'a rien pu faire, commandant, c'était un petit commando furtif.

— Préparez-vous, on va les chercher.

— Commandant Zlopé, vous devez rester ici. C'est à moi qu'on a confié cette mission et je vais tout faire pour les ramener vivants, dit le général en disparaissant avec les soldats.

— Tu le connais ? lui demande Mayol sur le chemin qui les conduit jusqu'au bâtiment du gardien.

— C'est le général Hormus. Et, je dois bien l'avouer, il est plus fort que moi. Mais je ne comprends pas pourquoi c'est lui qu'on envoie.

— Pour toi, sauver ton peuple, ce n'est pas assez important ?

— Notre gardien ne l'a jamais envoyé sauver nos femmes. Chaque fois, il sollicitait des guerriers inférieurs. Alors, pourquoi l'envoyer maintenant ?

Sans faire attention, Mayol entre dans un bâtiment où un homme est assis sur un trône.

— Gardien, c'est moi qui dois aller les sauver, et non Hormus.

— Ils ont kidnappé ma fille, c'est pour ça que je l'ai envoyé.

— Alors, c'est moi qui aurais dû y aller.

— Non, n'oublie pas que ma fille t'a choisi pour occuper le trône à ma place. Respecte sa volonté.

— On va la chercher, dit Zlopé à Mayol en sortant de la bâtisse, et tu vas m'aider. Comme tu le vois, mon peuple a des fouets dans le dos et est dénué d'yeux. Mais il peut sentir les vibrations d'air quand des personnes se déplacent. Par contre, les Yogami ont appris à se mouvoir sans faire d'ondes. C'est là que tu vas m'épauler. Avec tes yeux, tu vas me guider pour me dire où se trouvent mes ennemis.

— Allons sauver ta copine ! Mais comment vas-tu t'y prendre pour aller sur leur planète ?

— Suis-moi.

Zlopé l'amène chez lui et prend un petit triangle dans un coffre-fort sur lequel est inscrit le nom « Yogami ». Il l'installe sur un mur, et Mayol voit l'objet grandir. Zlopé donne un sabre à son ami et passe à travers le mur, suivi de Mayol. Ils atterrissent dans une grotte dans laquelle des guerriers sont blessés, avec Hormus autour d'eux.

— Je vois que vous ne l'avez pas trouvée, dit Zlopé.

— Non, et j'ai perdu la moitié de mon effectif. Pourquoi as-tu amené cet humain ?

— Il veut nous aider, il va être nos yeux.

— On va se reposer et se soigner ; après, on repart les chercher.

Mayol ferme les yeux et, en s'endormant profondément, fait sortir son esprit, qu'il envoie à l'intérieur d'un avion qui perd du fioul. Remarquant que le pilote ne s'aperçoit de rien, il passe à travers l'avion avec un vêtement qu'il a trouvé sur un siège. Il le mouille de ce liquide et le pose dans le cockpit.

— Ça sent l'essence, dit le pilote.

— Notre indicateur est plein, répond l'assistant.

Il trouve alors le vêtement, qu'il montre à son collègue.

— Comment ce vêtement a-t-il été imbibé de ce produit ? On n'en garde pas avec nous, s'interroge celui-ci.

Le copilote passe alors dans les rangs des voyageurs pour trouver qui a apporté de l'essence, mais, en regardant par une vitre, voit que l'avion perd du fioul. Il revient avec calme au poste de pilotage.

— Notre indicateur d'essence ne fonctionne pas. On perd du fioul, informe-t-il son collègue.

Le pilote demande à se poser en urgence. Sur la première piste qu'il aperçoit, il atterrit. L'esprit repart dans son corps et retrouve les guerriers debout, prêts à se battre.

— Zlopé, tu pars avec ton ami pour récupérer nos femmes, pendant que mon groupe occupe nos ennemis, dit Hormus.

Ils sortent de la grotte, et Mayol voit un paysage dévasté avec des cadavres sur leur chemin. Ils continuent leur route, mais s'arrêtent en entendant un brouhaha. Ils avancent doucement jusqu'au bruit et, surpris, regardent les Yogami qui se battent avec un autre groupe pour des femmes.

— Tu les as déjà vus ? demande Hormus à Zlopé.

— Non, c'est la première fois.

Les Yogami étant plus nombreux, l'autre groupe bat en retraite en laissant les femmes.

— Yoko, tu vas les suivre, lui ordonne Hormus. Nous, on va sauver nos femmes. Quant à tous les deux, allez chercher les autres.

Le groupe part se battre en faisant diversion pour que les deux amis entrent dans le bâtiment. Mayol, entendant un groupe qui court vers lui, sort son sabre, mais celui-ci grandit et grossit. Surpris, il l'observe et aperçoit trois boutons au centre de la lame.

— Appuie sur le premier et ton arme se changera en flamme, lui explique Zlopé. Avec le deuxième, elle se changera en lame de vent, et le troisième fera tourner ta lame. Mais fais bien attention quand tu appuieras sur les trois boutons en même temps.

Les ennemis arrivent, alors Mayol appuie sur le premier bouton. Son sabre s'enflamme et brûle tous les adversaires sur son passage. Ils progressent doucement en regardant toutes les pièces, mais s'arrêtent devant un trou. Des escaliers surgissent face à eux et, quand ils descendent, ceux-ci disparaissent au fur et à mesure de leur passage. Au milieu de leur descente, ils entendent du vacarme. Au moment où ils touchent le sol, les Yogami leur sautent dessus. Un combat s'engage, qui ne s'éternise pas, car les deux amis ont appuyé sur le deuxième bouton pour envoyer une lame de vent qui coupe en deux leurs opposants. Après cette petite victoire, ils continuent d'avancer et arrivent devant des cellules où des femmes sont enfermées. Ils envoient une lame de vent qui coupe les barreaux et font sortir toutes les prisonnières. Ils remontent les escaliers et se retrouvent devant la porte d'entrée. Une fois dehors, ils voient leur équipe en train de se battre. Ils partent les aider, mais Hormus, qui les a vus, s'interpose :

— Humain, pars te cacher avec nos femmes et protège-les.

Celui-ci exécute les ordres sans discuter. À l'abri, il assiste à la soumission du peuple des Kalmédia, car un groupe de Yogami est venu en renfort. Constatant que Zlopé n'aperçoit plus la présence de ses ennemis et tape dans le vide, Mayol crie aux Kalmédia où se trouve leur adversaire. Ceux-ci commencent à reprendre l'avantage quand un groupe de Yogami attaque Mayol. Ce dernier se défend tout en continuant à donner des indications aux guerriers. Il voit que Hormus n'a pas besoin de lui pour se battre. Mayol tue le dernier agresseur et repart se concentrer pour donner des informations à son groupe, qui se bat toujours. Après une lutte infernale, il ne reste que trois Yogami. Alors que Mayol se dit que la réussite est assurée, un bataillon l'encercle. Il appuie sur les trois boutons. Les flammes se mélangent avec le vent, coupant les ennemis en deux et les brûlant.

Après cette victoire, les Kalmédia se rassemblent pour attendre leur espion. Hormus donne ses ordres :

— Humain, tu raccompagnes nos femmes sur notre planète avec mes soldats.

— Non, je reste ici, dit Anita. Je veux savoir ce que notre espion a trouvé.

— Tu pars avec les autres, lui ordonne Hormus. Tu es la future gardienne de notre pays et ton père t'attend.

L'espion se montre. Il arrête la discussion du groupe :

— J'ai découvert nos femmes dans une autre ville.

— On part les chercher avec Hormus, Zlopé et l'humain, dit Anita. Vous autres, rentrez avec les femmes sur notre planète.

L'espion les conduit jusqu'à la ville, où le groupe fait face à un paysage magnifique. Anita s'approche de l'entrée avec Mayol pendant que Hormus et Zlopé restent cachés pour intervenir en renfort. Un homme les repère et les rejoint, armé.

— Vous êtes le peuple Kalmédia ?

— Vous nous connaissez ? On vient chercher nos femmes.

— Entrez, dit l'homme, qui voit deux autres personnes venir vers lui pour rattraper le groupe.

Sur leur passage, ils repèrent leurs femmes avec leurs enfants et d'autres qui marchent, heureuses, dans la ville. Les membres du groupe entrent dans un bâtiment où un homme les attend. En les voyant, celui-ci demande à un groupe de femmes de se montrer :

— Vous êtes venus les reprendre, vous pouvez les amener.

— Qui êtes-vous ? demande Anita.

— Je m'appelle Rénol, et on est le peuple des Lumos.

— Vous oubliez d'autres femmes, intervient Hormus. On les ramène toutes.

— Toutes celles qui se présentent devant vous, elles veulent partir, c'est pourquoi je vous les restitue. Mais les autres préfèrent rester ici.

— Je peux aller discuter avec elles ? demande Anita.

— Vous les trouverez dans la ville, répond Rénol.

Le groupe sort du bâtiment et commence à parler avec les femmes.

— Je ne retourne pas sur ma planète, indique l'une d'elles. Ce peuple m'a sauvée et nous traite bien. En plus, j'ai trouvé un homme que j'aime. Je me suis mariée et j'ai des enfants avec lui.

Il continue son interrogatoire, mais les femmes donnent toutes la même explication. Alors, Anita et ses compagnons questionnent les femmes qui veulent revenir sur leur planète.

— Ce peuple nous a beaucoup aidées et a toute notre estime, mais notre monde nous manque, répond l'une d'elles.

Leur exploration finie, le groupe repart rejoindre Rénol dans sa pièce.

— Je vous remercie d'avoir sauvé nos femmes, dit Anita. On amène celles qui veulent venir avec nous.

La discussion dure, mais Mayol n'écoute plus et ne voit plus rien autour de lui, sauf sa fille qui se présente devant lui :

— Fais attention à toi, papa, le peuple Yogami va vous tendre une embuscade à la sortie de la ville.

— Je suis désolé, Lana, je ne t'ai pas écoutée et je suis tombé dans les ténèbres, dit-il, les yeux remplis de larmes.

— Je suis fière de tout ce que tu es en train de faire et je t'aime, conclut-elle avant de disparaître.

— Les Yogami nous attendent à la sortie de la ville, leur explique Mayol.

— Dans ce cas, le peuple des Lumos va vous aider, intervient Rénol. Les Yogami nous font la guerre pour avoir le contrôle de notre ville. On parvient à les repousser mais, depuis qu'ils volent et violent des femmes, avec qui ils ont ensuite des enfants, leur tribu s'agrandit. On leur kidnappe les femmes pour les affaiblir et, en même temps, pour sauver celles-ci d'une mort atroce. Mais il est temps d'en finir avec ce peuple.

— On n'est pas venu ici pour déclarer une guerre, proteste Hormus, qui entend du bruit derrière lui.

— Rénol ! crie un guerrier qui entre dans la pièce en trombe. Les Yogami ont ramené des femmes d'une autre planète.

— Je pars les chercher, intervient Mayol, qui se dirige vers la grotte. Repartez sur votre planète, je m'occupe de ce monde.

— Tu pourras aller où tu veux avec cet objet, lui dit Zlopé, qui lui donne un petit triangle avant de partir par le passage que Hormus a ouvert.

Le triangle se referme, et l'obscurité commence à gagner la grotte. Mayol se couche sur son lit de fortune et s'endort profondément. Son esprit sort de son corps pour se retrouver dans une chambre à l'hôpital, à côté d'un enfant allongé sur un lit, une perfusion dans son bras droit. Il voit la famille autour de lui ainsi que l'esprit du garçon, debout au coin de la pièce.

— Ma mère vient d'accoucher d'une petite fille qui va se faire kidnapper demain, car ils veulent la vendre. Vous pouvez protéger ma sœur, elle s'appelle Cielly, indique-t-il avant de disparaître.

Mayol se réveille sous les rayons du soleil qui éclairent la grotte et décide de se rendre dans la ville des Yogami. Mais il se fait attaquer par ce peuple sur son chemin. Il tue tous ses ennemis et continue sa route pour arriver devant l'entrée de la ville, où il aperçoit des guerriers essayer de violer des femmes en pleine rue. Il appuie sur le premier bouton et brûle tous les adversaires qu'il croise, mais d'autres viennent en renfort, l'encerclant. Il cherche une issue de secours mais, n'en voyant pas, appuie sur le deuxième bouton et coupe ses opposants. Sur son chemin, il sauve toutes les femmes. Il approche de l'une d'elles, qui a un visage éblouissant et un corps qui brille.

— D'où viens-tu?

— De la planète Gorak.

— Montre-moi la planète Gorak, demande Mayol au triangle.

Celui-ci fait apparaître une ville avec des personnes qui volent grâce à leurs ailes dans leur dos.

— Vous pouvez retourner sur votre planète, leur dit Mayol, qui les voit passer à travers le mur.

La dernière femme disparaît. Pendant que le triangle se referme, tous les Yogami se jettent sur Mayol. Ce dernier fait alors tourner la lame de son épée, qui envoie des flammes et du vent, détruisant la ville entière. Après ce rude combat, il se rend sur la planète Kalmédia où Zlopé le conduit devant leur gardien :

— Tu nous as aidés à sauver mon peuple. C'est pourquoi je te donne un sac de lingots d'or qui pourra te faire vivre toute ta vie.

Le groupe ressort du bâtiment et, sur le chemin, Zlopé demande à Mayol :

— As-tu réussi à sauver toutes les femmes?

— Je les ai ramenées chez elles et j'ai détruit toute la ville des Yogami, répond-il en empruntant le passage que son ami a ouvert.


Mayol apparaît dans un hôpital à côté du berceau de Cielly. Il aperçoit deux personnes suspectes en blouse blanche, qui prennent la petite fille et sortent de l'établissement. Mais le détenu leur bloque le passage et les assomme, avant de ramener Cielly dans son berceau. Son devoir accompli, il entre dans un aéroport, où il achète un billet pour revenir en France. En montant dans l'avion, il aperçoit devant lui les deux ravisseurs avec la fillette dans leurs bras. Il passe à côté d'eux dans l'allée et va s'asseoir plus loin. L'avion décolle. Une fois celui-ci en altitude, Mayol prend Cielly dans ses bras et la pose sur son siège. Mais les deux kidnappeurs foncent sur lui. Sous les coups, les combattants poussent les passagers qui sont assis et bloquent Mayol contre la porte de sortie. Celui-ci l'ouvre et jette ses deux adversaires dans le vide pour ensuite revenir à sa place sous les yeux des passagers effrayés. L'avion se pose et Mayol rejoint Zlopé, qui l'attend à la sortie du hall :

— On va ramener cette petite à l'hôpital et ensuite je te reconduirai à la prison avant que ton clone ne disparaisse.

Sa mission terminée, Mayol reprend sa place en prison et appelle un gardien :

— Je veux parler aux agents Zota et Carry.

Also vient chercher Mayol et l'amène dans une pièce où les agents l'attendent.

— Tu veux changer ta version ? lui demande Carry.

— Non. Ce que je vous ai dit est vrai. Je voudrais que vous m'aidiez à sortir d'ici pour une journée, car j'aimerais aller dans un orphelinat.

— Hors de question ! proteste Zota. Tu ne crois tout de même pas qu'on va t'amener sur ton terrain de chasse ?

— Je veux les aider. Amenez-moi là-bas et vous comprendrez. Vous pouvez me laisser les chaînes aux jambes et bras.

— Tu bouges un petit doigt et je t'abats, le prévient Carry.

Ils sortent de la prison et montent dans la voiture de police pour se rendre à l'orphelinat. Mayol descend du véhicule avec les deux agents. Les enfants voient un homme enchaîné entrer dans le bâtiment.

— Pourquoi avez-vous des chaînes ? demande une petite fille.

— J'ai fait des bêtises.

— Je vais arrêter de faire des bêtises alors, dit-elle. Je ne veux pas avoir de chaînes.

Ils entrent dans le bureau de la directrice et tout le monde s'assoit. Mayol vide son sac de lingots d'or sur le bureau.

— C'est pour sauver votre orphelinat, dit Mayol.

— Comment savez-vous, pour nos dettes ? demande-t-elle surprise.

— Tout ce qui compte, c'est que je l'ai appris.

— Vous ne voulez pas en garder ?

— Où je vais, je n'en ai pas besoin.

— Pourquoi voulez-vous nous aider ? Je sais ce que vous avez fait, et ici on n'a que des enfants.

— Je me suis perdu dans les ténèbres, répond-il. Mais j'en suis sorti et je ne voudrais pas que ces enfants se retrouvent dans la rue si vous ne récoltez pas les fonds nécessaires.

Après un long débat, Mayol ressort du bâtiment avec ses gardiens, qui le reconduisent dans l'établissement pénitentiaire où il retrouve Zlopé dans la cour.

— Je lis sur ton visage que tu as atteint ton objectif.

— Ce n'est pas sans mal. J'ai dû batailler pour la persuader. C'est qu'elle était butée, la vieille.

— Ton peuple commence à apprendre que des personnes sont sauvées mystérieusement, le prévient son ami avec un air sérieux. Et ce que tu viens de faire, je trouve ça honorable.

— Tout ça, c'est grâce à toi. Tu ne m'aurais pas arrêté et tu ne serais pas venu me voir, je serais encore dans les ténèbres.

— Fais attention, l'avertit Zlopé, la personne qui vient vers toi veut te tuer.

Mayol attend le dernier moment pour esquiver la lame et donne un coup de poing à son adversaire qui l'assomme.

Les gardiens les séparent et reconduisent dans sa cellule Mayol, qui se couche sur son lit. Son esprit se trouve dans une maison en flammes à côté d'un bébé.

— Pouvez-vous aller chercher notre bébé ? demandent les parents au pompier.

Mais, au même moment, ils le voient voler vers eux puis se poser dans les mains de la mère. L'esprit revient ensuite dans son corps.

Mayol se réveille et voit les rayons du soleil pénétrer dans la pièce. Un prêtre entre dans sa cellule pour le préparer à son exécution, mais, au bout de dix minutes, le prisonnier demande à rester tout seul et s'allonge en fermant les yeux. Il sent son esprit sortir de son corps pour se retrouver dans une chambre où dort un couple. L'homme s'approche de sa femme.

— Ne me touche pas, dit-elle.

— Ça fait un an que ton mari est en prison et tu te refuses encore à moi ?

— C'est toi qui l'as envoyé en prison !

— Il fallait bien que je vous sépare pour t'avoir. Je suis content d'avoir fait ces fausses preuves pour accuser ton mari. Je suis fou de toi, et si tu ne fais pas ce que je veux, je tue tes enfants.

Il recommence à s'approcher d'elle, mais celle-ci refuse de nouveau.

— Je veux mes propres enfants avec toi, mais, comme tu refuses, je vais voir les tiens, dit-il en se levant, fusil en main.

La femme n'a pas le temps de répondre qu'elle voit l'arme tomber au sol et l'homme se soulever pour atterrir contre le mur. Il se fait ligoter et vole tout seul jusqu'au sous-sol. La porte claque et se ferme à clé.

Mayol se réveille en sursaut. Il voit William, Also et Plany venir vers lui pour l'amener dans une pièce où se trouve un grand fauteuil. Ils installent le taulard, et un rideau métallique se lève pour montrer des spectateurs assis sur des sièges.

— C'est à ton tour de mourir ! crient les familles en colère.

— Le condamné veut-il faire une réclamation ? demande l'exécuteur.

— Je suis désolé pour la souffrance que j'ai causée à toutes ces familles. Je comprends leur colère, car, moi-même, j'avais une fille. Malheureusement, je ne peux plus leur redonner leur enfant, alors si ma mort peut les soulager, qu'il en soit ainsi. J'ai aussi un message pour les agents Carry et Zota. Allez dans la maison située au 45 rue des Palmiers dès aujourd'hui, pour sauver des personnes.

— Ton peuple voit une image en ce moment d'un bébé qui vole tout seul pour sortir d'une maison en flammes, lui dit Zlopé. Je suis content de t'avoir connu. Finalement, tu es une personne bienveillante.

Et il disparaît.


Un gardien fait des injections à Mayol, dont l'esprit sort de son corps. Il voit encore une fois sa fille devant lui.

— Je viens te chercher papa, pour aller sur une autre planète.

Les familles assistent à la sortie du corps inerte de Mayol de la pièce par les trois gardiens.

Mayol arrive avec Lana dans un endroit où le temps n'existe plus. Celle-ci monte dans une voiture. Surpris, il se retrouve face à une femme blonde, aux yeux gris clair.

— Je suis devenue une femme sur cette planète. Je suis mariée et j'ai des enfants. C'est une nouvelle vie qui commence pour toi. J'ai une surprise, dit-elle en tournant à gauche pour s'arrêter devant une maison.

Elle le fait descendre du véhicule pour l'accompagner devant la porte d'entrée. Celle-ci s'ouvre, laissant apparaître une autre femme blonde. Les yeux de Mayol commencent à pleurer et il tombe à genoux.

— Je pensais ne plus te revoir.

La femme le relève avec calme et tendresse.

— Rentre, chéri, je vais tout t'expliquer. Quand notre corps meurt, notre esprit vient se loger sur cette planète pour mener une nouvelle vie. Et, comme tu peux le voir, ici, on ne vieillit pas, car le temps n'existe pas.

— Je n'ai pas le droit d'avoir une deuxième vie, j'ai tué beaucoup de petites filles.

— On sait tout ça, on pouvait t'observer d'ici et on était vraiment tristes pour toi. On a vu aussi que tu as aidé beaucoup de personnes. Mais les enfants que tu crois avoir tués sont encore en vie grâce à Zlopé. Il arrivait à pénétrer en toi pour te faire croire que tu les avais assassinés, mais, en réalité, ils respiraient et, quand tu les jetais dans l'océan, il allait les chercher pour les cacher jusqu'à ce qu'on t'arrête.

— Vous connaissez Zlopé ?

— Non, mais on le voyait quand il venait te voir.

— Mais pour la fillette du flic, reprend Mayol, elle était bien morte. Même son père le criait.

— Non, il était tellement en colère que, quand il a pris le pouls de sa fille, il ne s'est pas aperçu que celui-ci battait très faiblement.

Elle sort un grand miroir d'une armoire. Mayol y voit toutes ses victimes rejoindre leurs parents, qui les prennent dans leurs bras. Ensuite, l'image disparaît pour montrer les deux agents qui arrivent devant l'entrée de la maison. La porte s'ouvre et une femme avec ses deux enfants, valises en main, se montre devant eux.

— On a un homme ligoté dans le sous-sol, dit la femme.

Elle ouvre la porte et les deux agents remontent l'individu.

— Je vous félicite, madame, de l'avoir neutralisé toute seule, dit Carry.

— Ce n'est pas moi, répond-elle gênée. Vous n'allez pas le croire, mais c'est une force inconnue qui l'a neutralisé.

— Vous savez, en ce moment, on en parle beaucoup de cette force, dit Zota.

D'autres policiers arrivent et un homme descend de la voiture. La femme et ses enfants se jettent sur lui, heureux, et les policiers amènent l'autre suspect.

— Tu es déjà libéré ? demande sa femme.

— Ils ont retrouvé l'assassin.

Mayol est soulagé de voir que toutes ses proies sont encore en vie. Sa fille referme alors l'armoire.

— Tu es devenue une belle femme, Lana. Mais pourquoi te voyais-je en petite fille ?

— Quand je t'ai quitté, j'étais une gamine. Alors, chaque fois que tu m'apercevais, tu me regardais comme telle. J'ai vécu ici avec maman, et maintenant que tu es là, on peut reconstruire notre famille comme avant.